LUIZ GONZAGA DE ALMEIDA

TE CONTEI....?

Crônicas e Contos

1ª Edição

Anápolis, GO

Edição do autor

1

LUIZ GONZAGA DE ALMEIDA
2019

Copyrigths © por Luiz Gonzaga de Almeida
Redação, revisão e diagramação por Luiz Gonza
Almeida
Capa por Luiz Gonzaga de Almeida
Dados Internacionais de Catalogação na Publicação
(CIP)
(Biblioteca Nacional - RJ - Brasil)

A447t Almeida, Luiz Gonzaga de
1.ed.   Te contei…? Crônicas e contos
        Luiz Gonzaga de Almeida. -- 1. ed.
        Anápolis, GO: Ed. do Autor, 2019

        ISBN 978-85-52946-41-0
        1.Literatura brasileira - I. Título.

                                        CDD-B869

Índices para catálogo sistemático:
Crônicas e Contos: Literatura brasileira B869

CURRICULUM

Luiz Gonzaga de Almeida (Professor Luizinho) nasceu em Guaratinguetá – SP em 05 de fevereiro de 1951. Atualmente reside em Anápolis – GO.

Formado pela Faculdade de Pedagogia da Organização Guará de Ensino – Guaratinguetá – SP, atuou por 22 anos no magistério estadual e municipal no estado de São Paulo, no município de Guaratinguetá, nas funções de inspetor de alunos, professor, coordenador pedagógico e diretor de escola.

Autor do livro: "EDUCAR SEM EDUCAÇÃO". A escola que o brasileiro gostaria de ter.

Autor do livro: UM CURUMIM EM BUSCA DE DEUS (ROMANCE)

Cronista da revista EDFISHERS da PUC SP.

Cronista do jornal da ULA (União Literária Anapolina).

Músico profissional por mais de cinquenta anos, tocando em eventos festivos, religiosos, em bares e restaurantes, atuou como professor de violão e regente de coral infantil em escolas públicas e particulares.

É autor de hinos de escolas, sambas de enredo e músicas populares.

Índice:

DEMOCRATAS QUE NÃO PRATICAM A DEMOCRACIA.

Hoje é perigoso sair às ruas e ser atropelado sobre uma calçada, não por um automóvel, mas, por outra pessoa que está tentando usar "seu direito à democracia".

São tantas maneiras de praticar o uso do direito de cada um, mas é mais fácil usurpar o que pertence ao outro quando abusa de cada espaço que deveria ser de uso comum, mas que supostamente é todo seu. Tente caminhar por uma calçada por alguns metros de uma rua movimentada sem levar um esbarrão. Arrisco dizer que quem conseguir é um mágico. E aquele que lhe atropela ainda olha para você dê uma forma como se fosse você o culpado pelo fato.

A democracia deveria estar ligada a três outras práticas de relevante importância que são: a ética; a educação e o respeito. Sem esse conjunto de fatores não é possível dizer que exista democracia. A ética pode estar em quando a pessoa fala a verdade ao ver o outro tomando para si algo que não é dele, quando se apresenta como testemunha de um fato assistido seja em favor ou contra quem for, devolver algo encontrado que não lhe pertença, mesmo que seja de extrema utilidade. A educação está num sorriso acompanhado de um bom dia; boa tarde ou boa noite, ao segurar uma porta para que outra pessoa possa adentrar ou deixar um ambiente; ser solícito quando outra pessoa estiver tendo dificuldades em qualquer que seja a situação. O respeito está em não incomodar, seja em não fazer barulho exagerado ou fora de hora e do permitido, não ocupar espaços não permitido seja por lei ou por direito de propriedade, não ocupar espaços reservados às pessoas específicas ou veículos específicos. Existe mais de uma centena de regras que poderiam ser relacionadas, mas, basta que façamos ligação de umas com as outras para que tenhamos um grande número de situações que a democracia determinaria necessária para sua prática.

É prática comum das pessoas não observarem as obrigações a que estão enquadradas a todo o momento, mas, se tiverem qualquer impedimento dos seus direitos se irritam, esbravejam e até espancam em nome de um privilégio que acreditam poder exigir sempre que precisar. Mas na hora de permitir que outros façam o uso desse mesmo privilégio que todos devem ter, faz pouco-caso e não dão importância. Basta olhar um ônibus lotado e observar quantos são capazes de oferecer o lugar a uma pessoa mais velha ou com alguma dificuldade. Observar quantos automóveis expõem os cartões quando ocupam os espaços reservados àqueles que têm prioridades, ou, que fazem uso de caixas de banco ou supermercados destinados aos verdadeiramente prioritários.

A Democracia não é um bem que o cidadão adquiriu para uso pessoal como uma casa ou um automóvel. Democracia é um sistema de vida ou político, escolhido pelos cidadãos de um país, estado, município ou até mesmo de um lar. É um sistema de organização com formatos, normas e regras em que todos os envolvidos fazem as escolhas de como utilizá-las. Uma vez acolhida, o cidadão participante deve acolher também suas normas e regras, em contrário, o sistema não funcionará.

Seguir normas e regras é uma prática que às vezes incomoda àquele que pensa ter totais liberdades de escolha daquilo que precisa para seu conforto. Têm pessoas que não se sentem confortáveis quando precisam obedecer a determinações explícitas nas regras e normas de um sistema em curso e tentam burlar de maneira enganosa para si e para os demais utilizando de atitudes erradas e até agressivas. Portanto, ninguém é verdadeiramente democrata se não praticar a democracia em seu benefício, mas principalmente também em benefício de seus semelhantes.

TERRA DE SANTA CRUZ.... OU TERRA DA SANTA MENTIRA?

Tudo nessa terra é mentira. Ou é verdade? Os políticos vêm mentira em tudo quando é contra eles, a acusação. É mentira ou é verdade?

Quem investigou é mentiroso? Quem denunciou também é mentiroso? Então ninguém sabe falar a verdade?

Quem denunciou e quem julgou um ex-presidente é mentiroso? Quem denunciou e investigou um presidente também mentiu? O Tribunal de Contas mentiu para caçar a presidenta? Um ministro do supremo tribunal mente quando diz que a imprensa é mentirosa? O senador pediu dinheiro emprestado? Quem está mentindo nessa história? Quem pediu ou quem emprestou? O deputado não tinha conta na Suíça, diz que é Trust. É verdade ou é mentira? O apartamento à beira-mar não é de ninguém. É mentira ou é verdade? Os milhões no apartamento de Salvador eram do irmão, da mãe, ou de quem? Nem meu também....? Queria que fossem meus...

O ex-deputado, "amigo do presidente" corre com a mala na mão. Tá lavando dinheiro ou vai pegar o avião? Dizem que era muiiiiiiiiiito dinheiro. Era dinheiro....? Afinal, era mala ou máquina de lavar?

Era mentira ou era verdade? Só sei que todo mundo viu.

Antigamente as mães lavavam a boca dos filhos mentirosos com sabão para não mentirem mais. Imaginem se essa moda pega? Acho que vou comprar uma fábrica de sabão. Mentirinha! Às vezes, falta dinheiro para comprar unzinho só. Isso é verdade. Não é mentira.

Esse país deveria mudar de nome. Deveria chamar República Federativa da Mentira.

Leandro Karnal, grande historiador e filósofo, conta que a mentira é um dos pecados mais graves e que o castigo é um dos mais rigorosos. É?   Mas acho que os políticos não botam muita fé nessa história. Eles pensam que é mentira do escritor. E se for verdade?

Dizem que o diabo é o pai da mentira. Se for verdade ele deve estar milionário com os direitos autorais. E se for mentira? Aí nem o diabo perdoa.

Tá nevando em Manaus.

Ops... Brincadeirinha... Força do hábito.

— É MENTIRA TERTA? VREDADE!

"A VERDADE É IRMÃ DA MENTIRA E AS DUAS TÊM PODER DE INFLUÊNCIA. NÃO DEIXE QUE A MENTIRA DOS OUTROS INFLUENCIE A SUA VERDADE".

JUDITH

Em uma cidade muito distante, porém muito bonita, com ruas e quintais arborizados e jardins muito floridos, vivia Judith, muito linda e simpática.

Judith com sua beleza exuberante gostava muito de cores, mas as suas preferidas eram amarelas e rosa e usava sempre combinações dessas duas cores em suas vestimentas.

Numa das árvores do seu quintal, Judith ajudada por amigos, construiu uma casinha muito bonitinha e aconchegante onde passou a morar, pois dali ela podia observar sempre seus amigos que trabalhavam no campo ao redor de sua casa, e assim ela podia estar em contato com eles todo tempo.

Judith era muito feliz, tinha uma casinha aconchegante, uma família muito simpática e carinhosa e amigos sinceros e solidários.

Todas as manhãs quando acordava, Judith abria a janela e ficava admirando a beleza daquele lugar com seus pássaros, abelhas e outros animaizinhos que voavam de flor em flor, de fruto em fruto e esperava que seus amigos passassem para o trabalho para desejar-lhes um bom dia e um bom trabalho.

Porém, essa rotina, foi lhe trazendo certa insatisfação e um pouco de solidão mesmo com tantos amigos, mas que trabalhavam muito e tinham pouco tempo para lhe dedicar alguma atenção. Sendo assim, um dia ela resolveu viajar repentinamente sem comunicar ninguém e foi conhecer outros lugares.

...Viajou, viajou, viajou muito e de repente deparou com uma cidade muito linda que ela ficou até assustada com tanta beleza. Eram árvores tão altas que pareciam não ter fim. Seus jardins tinham flores de um colorido que ela nunca havia visto e que nunca imaginou que existissem. Ela gostou tanto que resolveu se estabelecer um tempo por ali. Nossa personagem foi recebida com muita festa e comemoração, fez muitas amizades e se divertiu muito com seus novos amigos.

Passadas algumas semanas, Judith começou a sentir alguma coisa estranha. Aquela insatisfação e solidão de anteriormente pareciam que estavam voltando a lhe incomodar. Os amigos, ela já quase não os via, os pássaros as abelhas, as flores, os frutos já não lhe causavam tanto encantamento. Os amigos trabalhavam muito e o dia todo corria de cá para lá ou de lá para cá, sem dar muita atenção a ela. O máximo que ela conseguia deles era um:

— Oi. Que lindo dia, não!

Então sem ninguém para conversar, ou se divertir, ela foi se entristecendo até adoecer e cair de cama.

A casa permanecia sempre totalmente fechada, e os amigos por não a ver mais, acabaram achando que ela havia ido embora sem falar ou se despedir de ninguém, como uma verdadeira ingrata.

O tempo foi passando e Judith adoecendo cada vez mais. Estava tão debilitada que mal conseguia se levantar para algumas necessidades básicas.

Um dia, porém, Judith ficou assustada com algo acontecido. A porta se abriu e alguém entrou no seu quarto, fez-se uma sombra muito grande que Judith não podia perceber o que era, pois estava com dificuldades até em enxergar em razão de sua doença. Ela só percebia que era um azul muito forte que parecia o céu de meio dia quando não há nuvens.

— Como vai Judith?

— Eu me chamo Mariza!

Judith não conseguia responder de tão enfraquecida e assustada em que se encontrava.

Então Mariza falou:

— Eu vou cuidar de você, pois estou vendo que você está muito fraquinha!

E então Mariza passou a cuidar de Judith com chás de ervas e de pétalas de flores adoçado com mel puro das abelhas. Judith logo ficou curada e bonita novamente.

Mariza percebendo que a amiga estava curada falou:

— Bem Judith! Eu já vou embora. Mas antes preciso lhe dizer uma coisa.

— Não há no mundo nada melhor que a nossa casa e a nossa família.

Ela pensou muito nas palavras da amiga, agradeceu enquanto Mariza deixava sua casa muito sorridente e mostrando toda a sua beleza que Judith só pode perceber quando ficou curada. Judith arrumou suas coisas e foi se despedir dos amigos que ficaram muito tristes ao saberem do ocorrido e pediram a ela que ficasse, mas ela se recusou e disse que voltaria num outro momento.

...Viajou, viajou, viajou muito e ao aproximar-se de sua casa viu seu campo todo florido. Abriu as asas circulou voando pelos arredores cumprimentando os amigos, sorrindo sempre para todos e conseguiu ver de fato toda a beleza daquele campo florido e arborizado onde ela poderia viver por todo o seu tempo de vida e curtir as mais lindas amizades ajudando-os trabalhar.

Essa é a história da **"BORBOLETA JUDITH"**.

Olha o meu aí...hein!

Lá pelos anos 1960 até 1980, eram muito comuns os clubes sociais que promoviam matinés e noites dançantes com música ao vivo, tocadas por conjuntos, que hoje chamam de bandas.

Alguns conjuntos eram formados por músicos profissionais conceituados que viviam exclusivamente de música ou não, sim, porque alguns desses músicos tinham outras atividades e a música era um hobby ou uma forma de complementar o ganho mensal.

Mas haviam conjuntos formados por iniciantes na música. Eram garotos que amavam "Beatles" e Rolings Stones entre 16 e 18 anos que conseguiam comprar um instrumento e aprender tocando nas matinés e noites das cidades. Nessa época, as mais tocadas eram músicas românticas ou rocks da jovem guarda.

Edéias era um rapaz bem-apessoado que tinha um vozeirão e cantava muito bem, por esse motivo foi convidado a participar de um pequeno conjunto que tinha o nome de The Snaks que em português eram Os Cobras, pois era comum também à época, usar nomes em inglês.

The Snaks ou Os Cobras era composto de oito músicos que com Edéias tornaram-se nove. Como era novidade no bairro onde morava a maioria dos componentes do conjunto, os ensaios eram muito concorridos e a garotada fazia muita festa nas noites em que aconteciam.

Surgiram então os primeiros convites para tocar em pequenos bailes em alguns clubes de bairro e o conjunto passou a ser mais conhecido e por isso foram aumentando as contratações para que se apresentassem. Só que a cada apresentação do conjunto vinham os músicos e mais uma quantidade de pessoas que iam acompanhando. Era um irmão, um amigo, uma namorada e o conjunto passou a ter uma quantidade de integrantes que se diziam técnicos de som, eletricistas, estilistas e mais alguns que tinham dificuldades para encontrar uma função que justificasse e tinham de se revezarem nas denominações para poderem entrar no baile sem pagar ingresso.

Mas voltemos ao Edéias.

Edéias era o mais incomodado com essa situação, fosse pelo espaço ocupado nas conduções que os transportavam ou na hora de participar do lanche que vinha num dos intervalos do baile, às vezes, acontecia de um músico ficar sem o seu lanche porque os acompanhantes que estavam de olho chegavam antes e usufruíam do privilégio de lanchar em detrimento daquele que tinha esse direito. Numa dessas oportunidades, Edéias foi o que ficou sem o seu lanche e ficou muito bravo.

No baile que aconteceu na semana seguinte no mesmo clube, Edéias ficou ligado observando quando chegava o rapaz que trazia os lanches.

Edéias interpretava com maestria a música que foi sucesso de Nelson Ned na época chamada "Tudo passará", e que no refrão havia um intervalo dos instrumentos no momento que o cantor permanecia cantando. "Mas tudo passa. Tudo passará". Nesse momento chegou o lanche e quem não estava tocando correu para salvar o seu e aí se deu o fato.

Edéias cantando faz sua parte.

— Mas tudo passa... Olha o meu aí hein!... Tudo passará.

O salão todo percebeu, pois, ele se esqueceu de tirar o microfone de perto da boca. Teve casal que parou de dançar para rir do:

"OLHA O MEU AI... HEIN"!

Tô DE MAL CONTIGO

Tritoco era um sujeito forte, trabalhador e prestativo. Era uma pessoa muito considerada pelos demais moradores do bairro pela presteza e simpatia. Apesar de todas as qualidades, Tritoco tinha um defeito, gostava de uma manguaça (cachaça). Sendo uma pessoa muito alegre e simpática, Tritoco reunia muitas amizades e estava sempre rodeado de amigos.

Era no futebol nas peladas das tardes dos sábados e dos domingos, nas festinhas de aniversário de amigos ou dos filhos dos amigos, sempre estava presente o nosso personagem. Diziam às pessoas que ele era um bom papo, sempre respeitoso e de bons assuntos.

Numa noite, Tritoco saiu de carro com um amigo com mais três pessoas para uma noitada. Beberam muitas cervejas, muitas cachaças e ficaram rodando pela noite a procura talvez de uma aventura amorosa ou de uma festinha para um bom divertimento.

À noite passando, a bebida provocando a embriaguez e a sonolência culmina com um acidente que vitimou de morte os amigos. Tritoco conseguiu sobreviver, mas ficou com uma sequela de debilidade muito acentuada causada por um traumatismo craniano.

Com todos esses fatos ocorridos o nosso personagem teve suas características alteradas. Tritoco deixou de ser aquela pessoa simpática e prestativa para se transformar numa pessoa incomodativa visto que ele adquiriu dificuldades de raciocínio e de comunicação além de ter aumentada sua taxa de consumo da "marvada cachaça" que o mantinha quase que constantemente embriagado. A maioria das pessoas não deixou de respeitá-lo, mas alguns, vez ou outra o hostilizavam e até caçoavam dele. Nos tempos antigos as pessoas tinham o hábito de se sentarem nas calçadas à noite para baterem um papo, "jogar conversa fora", e não era diferente na rua da casa do Tritoco. Numa noite dessas, estava um grupo de pessoas conversando no portão de uma pequena vila onde residiam muitas pessoas daquele bairro, quando surge Tritoco que se aproxima do grupo com um cigarro apagado na mão cambaleando se dirige a uma das pessoas que se encontrava com um cigarro aceso, fumando. De cabeça baixa num gesto característico de quem solicita fogo para o seu cigarro, ele chega próximo do fumante que prontamente encosta o cigarro aceso no do Tritoco que dá uma tragada, olha para o cigarro, olha para a pessoa, apaga o cigarro com a outra mão e diz:

—Não era com você que eu ia acender.

—Tô de mal contigo.

Naquele momento ninguém conseguiu conter a gargalhada e Tritoco seguiu seu caminho cambaleando após ter acendido seu cigarro com outro fumante da roda. Depois a pessoa que teve seu fogo recusado, contou para os demais que havia negado pagar uma cachaça para o Tritoco que ficou muito bravo com ele.

"O QUE A CACHAÇA NÃO FAZ, NÃO É"?

QEM TEM DINHEIRO COMPRA O MUNDO?

Na zona rural de uma cidadezinha de interior havia um sitiante daqueles que ganham muito com suas produções, mas que gastam o mínimo possível.

Seu José, a que refiro, era daqueles que evitava qualquer tipo de gasto, assim; só usava roupas já usadas por outros, os calçados eram de qualquer tamanho, se ficava pequeno fazia alguns furos no couro para que coubessem os pés com os dedos para fora, ou, se fossem maiores completava os espaços com trapos de panos ou chumaço de estopa. Nosso personagem evitava ter de sair para muito longe e onde precisava ir ia a cavalo para não ter de gastar com outras conduções.

Com o passar do tempo, de tanto os filhos e os amigos insistirem, nosso sitiante decidiu comprar um carrinho muito velho, quase caindo aos pedaços. O carro foi comprado por um preço muito barato e por aí dá para se imaginar as condições do mesmo.   Por ser muito velho o automóvel, a documentação também se encontrava há muito tempo sem renovação e para fazê-lo se gastaria mais que o próprio valor do bem. Sendo assim, não houve providência da documentação do automóvel nem dos documentos pessoais como identidade e a habilitação para que ele pudesse dirigir.

O novo motorista treinou dirigindo dentro do próprio sítio, ou nas imediações e quando se achou preparado resolveu fazer sua primeira viagem ao centro da cidade para algumas compras.

Com o tempo essas viagens passaram a ser rotineiras e tudo sempre se dava com muita tranquilidade, sem atropelos. Até que um dia ele se deparou com uma blitz de trânsito da polícia. Um policial fez-lhe o sinal de parada ele entendeu como um simples aceno e passou batido. Não demorou muito já tinha uma viatura no seu encalço, aí ele parou para ver o que estava acontecendo.

O policial o aborda e solicita a documentação do condutor e do automóvel.

— Tenho não seu guarda. Diz então ele ao policial.

— Como? Não tem nenhum documento? Pergunta o guarda.

— Tenho não seu guarda. É como disse pro Sinhô.

— Então vou ter de apreender seu veículo e multá-lo pelas infrações que não são poucas nem baratas. Afirma o policial.

O infrator então questiona:

— Seu guarda, se eu paga aqui memo não sai mais barato?

O policial se irrita:

— Como é? O senhor está tentando me subornar?

— Não seu guarda. Eu nem conheço essa palavra que o sinhô falô aí. Eu não quero fazê nada errado. Eu só tô tentando vê que se pagá a vista fica mais barato.

O guarda vendo a simplicidade e até ignorância por desconhecimento do sitiante lhe diz:

— Eu vou quebrar seu galho.

— Se o senhor trouxer alguém que lhe conheça e que tenha carteira, eu libero o seu carro e só lhe aplico as multas. Dou-lhe um prazo de uma hora ou o tempo que eu permanecer nesse local.

Vai então o homem em busca de alguém que pudesse livrá-lo de ter seu carro apreendido. Andando um pouco ele lembrou que um de seus filhos trabalhava numa cooperativa de lacticínios da cidade e que deveria estar no trabalho naquela hora.

Tudo resolvido. Ele foi liberado, o filho o levou para casa e no caminho foi tentando convencê-lo de se organizar. Assim, orientado pelo filho ele trocou o carro por um mais novo, documentado, e foi tratar de tirar R.G. e CPF para então conseguir a CNH e poder dirigir com tranquilidade.

O filho nas suas tentativas sabia que seria difícil, pois o pai era quase totalmente analfabeto, sabia ler e escrever muito pouco. Como fazer os exames? Mas, deixou que o pai se virasse.

Inscreveu-se na autoescola e foi fazer o primeiro exame que era o de vista.

Ao chegar ao consultório médico se apresentou à secretária que lhe pediu que aguardasse. Quando chamado entrou na sala, o médico pediu então que olhasse alguns desenhos e percebeu que ele tinha muita dificuldade e então perguntou:

— O senhor é daltônico seu José?

E ele prontamente respondeu:

— Não sô, mas se precisa eu compro o **DIPROMA.**

É CHAPO OU É RÃ...?

É sabido nacionalmente que o estado de São Paulo é o segundo maior em quantidade de municípios, também chamados cidades, perdendo apenas para Minas Gerais.

Na década de 1970 até por volta de 1978, eu que trabalhava numa estatal de construção de casas tive a oportunidade de conhecer mais de três dezenas delas.

Uma das mais simpáticas que conheci é a cidade de Echaporã na região de Marília. Com isso, eu ouvia muitas histórias interessantes ocorridas em cada um dos municípios que visitei.

Relacionada à Echaporã, havia uma historinha interessante que contavam com a origem do seu nome que em Tupi-guarani quer dizer Eça-porã, traduzida para a língua portuguesa fica vista bonita ou bela vista, mas o que contam é mais ou menos assim.

Não só Echaporã como em outros municípios daquela região tiveram na sua colonização um grande número de famílias japonesas, assim, a colônia japonesa na região sempre foi muito grande. É sabido também por quem conhece a culinária japonesa que eles têm verdadeira predileção por pescados, animais aquáticos em geral e vegetais na sua alimentação. No início a cidade contava com muitos brejos de onde habitavam vários batráquios, entre eles a tão famosa e saborosa rã que na pronuncia japonesa o som do erre se modifica como o seu som no meio da palavra com um "R" só. (R brando)

Contavam então que dois japoneses saíram para caçar "rã" e levaram uma lanterna cuja luz a imobiliza e torna-se fácil caçá-la. A lanterna que possuíam já estava com as pilhas um pouco descarregadas e a luz ficava fraca dificultando assim a identificação do animal. Depararam então, os dois amigos, com algo mexendo num pequeno lago junto de alguns aguapés e ficaram tentando descobrir do que se tratava.

Um dizia com seu sotaque carregado:

— É chapo…

E o outro:

— É rã...

— É chapo. É rã. É chapo. É rã. Até que cansaram e falaram ao mesmo tempo.

— Ah! Échaporã, né? Assim a cidade que ainda não tinha um nome oficial passou a chamar-se ECHAPORÃ.

Essa historinha era contada com muita frequência em qualquer reunião de pessoas num bar ou numa mesa de bilhar que era muito popular na região. Mas não passava de uma história de ficção.

José Marcos era um cacheiro viajante que trabalhava para uma fábrica de tecidos da capital e viajava pelo interior tirando pedidos para fornecimento às lojas. O vendedor tinha como hábito contar piadas e historinhas jocosas nas rodas que frequentava. Bastava ter um grupinho reunido que ele se aproximava e iniciava com todo tipo de piada.

Num fim de tarde estava ele numa cidade não muito próxima daquela região, quando terminado seu expediente de trabalho se juntou a um grupo de pessoas que jogavam bilhar e tomavam cerveja, quando José Marcos então iniciou seu show de piadas. Na mesa ao lado jogava um grupo de rapazes e entre eles estava um japonês muito forte e José Marcos inicia a historinha de Echaporã.

— É chapo, é rã. É chapo, é rã… O japonês irritado porque parecia que perdia no jogo se aproximou sem que José Marcos percebesse, mandou-lhe um cascudo no pé do ouvido e gritou:

— Toma aí um chapo para a sua rã.

José Marcos girou no próprio corpo bateu na mesa do bilhar e se estatelou a uns dois metros de distância, desacordado. Quando recobrou os sentidos, levantou e falou:

— Era Chapo ou era rã? E foi embora para nunca mais voltar.

Há quem diga que José Marcos nunca mais contou uma piada e que ao cruzar com qualquer japonês, muda de direção.

"QUEM FALA O QUE QUER, LEVA O CASCUDO QUE NÃO QUER".

A ESTRELA DE DAVI

Davi era um moço bom e bem formado. Estudou no exterior, formou-se em medicina e aprendeu várias línguas apesar de ser de família humilde. Seu pai, homem simples e trabalhador, fez todo esforço com sua mulher, para que o filho estudasse e tivesse a formação que ele obteve. Mas a gente não conduz a vida, ela é quem nos conduz, sendo assim, deu-se a história que passo a contar.

Após sua formação como médico cirurgião, Davi retorna ao seu país para dar continuidade à profissão e para aplicar todo conhecimento que adquiriu em vários anos de estudo. Assim, começa a pôr em prática aquilo que buscou para sua carreira.

A princípio, o agora doutor Davi, encontra as costumeiras dificuldades de início de carreira onde não tem como montar um consultório seu e precisa dar consultas no serviço público de saúde, mesmo porque não tinha ainda uma clientela formada.

Mas o tempo vai passando e o doutor Davi vai demonstrando muita competência no seu trabalho. Sua fama vai crescendo e ele começa a ter dificuldades em atender a todos que o procura, assim tem de buscar novos recursos que lhe permitam proporcionar melhor comodidade no atendimento aos clientes. Por ser assim, o doutor Davi procura num banco um empréstimo com a garantia de alguns bens de seu pai para construir uma pequena clínica onde possa suprir as necessidades do trabalho.

Passaram-se alguns meses, a clínica ficou pronta e o médico então dá início as suas atividades. Contratam outros três médicos, um para cada especialidade, e alguns funcionários para os atendimentos. Logo que chegou, após o término dos estudos no exterior, Davi conheceu Maria Clara e passou a namorá-la. Ela era moça bonita, inteligente e de boa família, tudo que um homem pode querer de uma mulher para sua esposa e assim aconteceu. Logo que a clínica ficou pronta eles trataram de se casar.

Maria Clara era formada em Administração de Empresas e por essa razão Davi sugeriu que ela administrasse a clínica uma vez que ficaria tudo em família e assim ocorreu.

O tempo foi passando e a procura pela nova clínica médica da cidade só aumentava. Mesmo com a construção da sua clínica, Davi não conseguiu deixar o atendimento na saúde pública, pois seus pacientes mais humildes estavam ali e foram eles que proporcionaram todas as oportunidades que o médico conseguiu na carreira e ele tendo bom coração e por gratidão não os abandonou. Esse fato com o tempo foi incomodando Maria Clara que via a presença mais frequente do médico na clínica, de relevante necessidade e onde ele poderia garantir um maior rendimento financeiro.

Um dia, numa reunião administrativa, Maria Clara sugeriu ao Davi que deixasse a saúde pública e se dedicasse apenas à clínica. Ele respondeu que aquilo se tratava de assunto de foro íntimo de família e não deveria ser discutido ali. O assunto é encerrado com a reunião o que ficou claro para David de que a pauta da reunião era para tratar tão somente do assunto saúde pública que ele considerava pessoal, mas calou-se.

Ao chegar à casa o clima não parecia nada amistoso e Maria Clara voltou a tocar no assunto. Davi cansado e sonolento se recusa a falar e se dirige ao quarto de dormir. Quando amanhece, ainda muito cedo, David se levanta, veste a roupa de trabalho e diz à esposa que tinha uma cirurgia e que estava indo ao hospital. Ela permanece na cama em silêncio enquanto ele a beija na testa e sai em direção à porta.

O dia transcorre normalmente, mas, continua tenso para o casal. Ao voltar do trabalho, Maria Clara tenta reativar o assunto quando Davi lhe diz grosseiramente que o assunto estava encerrado e que ele continuaria a atender aos pacientes da saúde pública e aponta várias razões, mas, principalmente um fato novo que estava ocorrendo. Os outros médicos que não estavam concordando com o que recebiam estavam abandonando o atendimento e que ele, Davi, estava assumindo também o atendimento aos pacientes que estavam sendo abandonados. Isso para Maria Clara foi quase uma agressão, mas, ela se manteve calada.

O tempo foi passando e o clima entre o casal não melhorava. Eles quase já não se falavam e parecia que caminhava para um final trágico para o casamento dos dois até que algo aconteceu. Uma manhã quando Davi já havia saído para o trabalho, Maria Clara sentiu uma tontura e caiu no banheiro. Ela não disse nada a ninguém, mas, a partir daí passaram a serem constantes essas tonturas e ela resolveu procurar o seu ginecologista uma vez que ela já percebia algumas alterações em seu metabolismo. Após vários exames vem à confirmação e o ginecologista informa:

— Parabéns! Você vai ter um bebê.

Isso formou um dilema na sua cabeça, não pelo bebê que seria muito bem-vindo, mas, pelas dúvidas de como reagiria o marido. Ele andava tão distante com ela. Qual seria sua reação? Ele brigaria com ela e complicar mais ainda a relação entre os dois? Ela o amava muito e temia que isso viesse a acontecer. Ela resolve deixar que o tempo desse a solução.

Davi começa perceber as diferenças de gestante em Maria Clara e passa a tratá-la diferente e exige acompanhá-la ao ginecologista. Tudo confirmado, o bebê está ótimo, e tem então marcada uma nova consulta para fazer o ultrassom e confirmar o sexo.

O clima entre os dois mudou completamente, a alegria entre o casal e as famílias dos dois eram de contagiar todo mundo. Davi muito carinhoso e cuidadoso com Maria Clara externava todos os seus sentimentos e contentamento.

Chegou então o dia da consulta para fazer o ultrassom. Davi infelizmente não pode acompanhar a esposa por ter um atendimento de emergência de um paciente da saúde pública que ele permaneceu atendendo. Mas, a expectativa era muito grande. As horas vão passando e Davi vai fazendo seus atendimentos normalmente, mas, sem conseguir esconder a euforia.

Maria Clara não contendo o desejo de fazer a revelação ao marido dirigiu-se ao posto médico onde Davi prestava atendimento, e que ela não se importou que ele continuasse por também ter um bom coração. Aguardou que ele terminasse uma consulta, ele então acompanhou a paciente até a porta, despediu-se, pediu licença aos outros que aguardavam e conduziu Maria Clara ao interior do consultório.

— Adivinha. Diz Maria Clara.

E ele:

— Ah! Não sei.

Ela então completa.

— É uma menina e já tem nome.

— Vai se chamar Estrela.

— **"A ESTRELA DE DAVI".**

O CHITA

Numa cidadezinha que fica entre duas capitais de estado que agora não vêm ao caso quais são, viviam famílias que moravam em pequenas vilas ou cortiços. Eram famílias muito simples, mas, de gente trabalhadora e religiosa. Essa gente humilde como diria o Chico Buarque que gostavam de conversar, ir às festas e principalmente cantar e dançar. Eram festas do padroeiro do bairro, padroeiro da cidade e nas famosas festas juninas. Dançava Quadrilha, Congada, Moçambique e o famoso e concorrido Jongo. Mas, também abusavam do goró, que é o apelido da famosa cachaça.

Tinha quentão, canelinha e quando acabava apelavam para a matéria prima que era a pinga pura de barril ou garrafão. E as festas rolavam noite a dentro varando a madrugada até atingir o amanhecer.

O Chita, que também morava no bairro e se destacava nas festas por provocar brigas e confusões, era uma figura maiúscula por seu porte físico e sua musculatura destacada que chegava mesmo a assustar e até meter medo em algumas pessoas de menor coragem, mas ninguém aconselhava que alguém o enfrentasse. Contavam até que a própria polícia evitava o confronto a menos que tivesse um grupo bem grande de soldados para conseguir dominá-lo e prendê-lo se ele praticasse algum ato, como brigar.

Havia um pequeno cortiço onde moravam muitas famílias. Lá em uma casinha muito pequena moravam seu Chico, sua mulher dona Maria, sua filha De Lurdes e o pequeno filho de De Lurdes Betinho, codinome de Roberto, de seis anos.

Numa tarde de domingo o Chita passando pelo cortiço mexeu com De Lurdes que não era de se jogar fora. Seu Chico portando uma foice muito afiada, que era seu instrumento de trabalho na poda de árvores, para defender a filha enfrentou o Chita que recuou evitando assim levar uma foiçada na cabeça.

Foram um fuzuê total no bairro alguns até caçoaram do Chita dizendo que ficara com medo da foice do seu Chico. Mas, o Chita não deixou barato e jurou que se vingaria da afronta do velho jardineiro.

Passadas duas ou três semanas, num outro domingo só que de manhãzinha seu Chico e dona Maria saíram para irem à missa na Matriz da cidade que não era muito perto de onde moravam e deixaram De Lurdes e Betinho dormindo. O Chita que há tempos observava os hábitos da família ficou na espreita e assim que o casal se distanciou ele penetrou no casebre tomando De Lurdes pelo pescoço e ameaçando-a de morte se ela ou Betinho gritassem. O menino se enterrou na pequena cama que dormia, mas, ficou assistindo tudo que o marginal fazia e falava para De Lurdes. Eram palavrões e demonstrações de atos pornográficos e obscenos que para uma mãe era terrível, imagine para uma criança acostumada a ser orientada a não falar nem filho da mãe e ter de ouvir tantas barbaridades horrendas da boca de um marginal.

O Chita não satisfeito com as barbaridades cometidas contra mãe e filho obriga De Lurdes a se levantar e fazer café enquanto manda Betinho ir ao bar comprar pão e mortadela e o orienta a não falar com ninguém o ocorrido se ele não quisesse ver a mãe morta quando voltasse. Quando Betinho voltou com o pão e a mortadela o Chita comeu, tomou café e foi embora.

Quando seu Chico e Dona Maria retornaram da igreja, De Lurdes não comentou nada, mas Betinho "boca mole" como dizia De Lurdes não aguentou e soltou a língua contando parte do ocorrido aos avós. Seu Chico ficou transtornado e sua primeira ação foi apanhar a foice e ir procurar o Chita, mas, fora contido pela mulher e pela filha.

O domingo foi terminando e todos do bairro já sabiam o que havia acontecido, pois, o Chita já contara a todos os que ali moravam a sua aventura e com todos os detalhes. De Lurdes não suportando tanta vergonha e humilhação não conseguiu dormir aquela noite e logo que amanheceu, arrumou seus pertences e os do Betinho numa mala, despediu-se dos pais e foi para a rodoviária pegar o primeiro ônibus para uma cidade grande distante dali.

Passados doze ou treze anos do fato que ninguém mais nem lembrava, estava o Chita nadando num ribeirão que cortava o bairro, quando ele observa um moço aparentando dezoito ou dezenove anos sentado numa das margens observando-o. Quando o Chita olha para o rapaz, ele abre um sorriso e pergunta:

— Você é o Chita, não é?

E o Chita responde.

— Sou sim, e quem é você?

O rapaz tira de a cintura um revólver calibre 38 e começa a falar e a atirar. Para cada apresentação ele dava um tiro.

— Eu sou Betinho, bam...

— Filho de De Lurdes, bam...

— Neto do seu Chico, bam...

— Neto da dona Maria, bam...

— Irmão de Pedrinho e Chiquinho que são seus filhos, bam, bam... Virou as costas e foi embora.

O Chita mesmo com seis balaços no corpo ainda conseguiu caminhar por uns quinhentos metros até encontrar alguém que o socorresse e o levasse ao hospital.

Para o espanto e incredulidade de muita gente, o Chita não morreu. Não se sabe se de propósito ou por imperícia Betinho não atingiu o alvo com nenhuma bala que ferisse mortalmente. Só se sabe que o valente nunca mais foi o mesmo. Teve braços e pernas atingidos em pontos que o tornaram quase paralítico. Perdeu as forças nos braços, andava se arrastando pelas paredes, e o pior de tudo, virou "saco de pancada" de qualquer bêbado que com ele cruzava, principalmente aqueles que foram judiados e massacrados pela "A CHITA" como passaram a chamá-lo. Surgiu à época uma notícia de que Betinho fora preso por outro crime que ele e alguns amigos cometeram na cidade onde moravam.

— "MAS ESSA, É OUTRA HISTÓRIA".

Bate na cara do papai... bate!

Nos tempos antigos se diziam que homem tinha de ser "macho" e macho era aquele que conseguia erguer alguma coisa com o mesmo peso do próprio corpo. Sendo assim, alguns homens da época, que não eram bem-dotados "fisicamente" por natureza, preocupavam-se em produzir, os bíceps, tríceps, costas e peitos nas academias de halterofilismo. Os que eram fortes naturalmente exibiam seus dotes com camisas justas ou sem mangas e calções justos e curtos deixando à mostra as coxas roliças e musculosas. Parece que as mulheres ou alguns homens adeptos ao sabor dessa fruta, admiravam e até suspiravam quando passavam por alguém com essas características. Não era o meu caso! Eu sempre gostei e admirei a fruta "feminina". Mas a maioria dos homens não se importava com esses detalhes estéticos e se mantinham como a natureza desenhou.

Falando em homens fortes, não posso deixar de citar Jaú. Jaú era um homem alto e naturalmente forte fisicamente. Era mecânico especializado em caminhões onde sempre exibia sua força quando erguia os pneus de um caminhão com roda, e tudo mais, provocando inveja naqueles que se achavam dotados de macheza, mas, que não tinha competência para tudo isso.

Jaú, apesar da força física até aparente pelo seu exibicionismo, não tinha, ou se tinha não fazia uso, de costumes de moralidade, de educação e respeito. Ou seja, era grosseiro e mal-educado. Além das grosserias e falta de educação, Jaú era um homem rude com a esposa e os filhos. Contam que tinha outras mulheres e que até em casa ele mantinha outra com a esposa num ato de bigamia.

As grosserias e falta de respeito não eram exclusivos para com a mulher e os filhos. Diziam que Jaú era controlador e exigente com outros membros da família também. Ele possuía dois cães pastores alemães e os utilizava para intimidar familiares e supostos inimigos uma vez que poucos ou quase ninguém tinham coragem para enfrentá-lo.

Contam quem presenciou o fato, que numa oportunidade Jaú caminhando com os cães às margens de um pequeno ribeirão, para treiná-los, fez com que os mesmos perseguissem um vizinho seu de aproximadamente doze anos que nadava naquele momento e quase o pegam não fosse à agilidade do menino que se atirou nas águas e nadou para outra margem deixando os cães agitados e bravios.

O carnaval se aproximava e na cidade havia alguns blocos carnavalescos que agitavam seus ensaios e movimentava a população que era adepta ao reinado de Momo. Os bares também ficavam agitados com a presença de alguns alcoólatras que bebericavam após longo dia de trabalho que fazia parte do relaxamento para o descanso noturno.

Surge então o Pernambuco que ninguém entendia esse nome uma vez que ele se dizia nascido no Pará. Pernambuco era um homem alto, relativamente magro, mulato, cabelos sararás, com bigodes longos que juntavam com as costeletas espessas. Andava de forma malevolente, calçava uns chinelos de dedos, tinha tom grave de voz e volume potente, mas era simpático e educado. Apesar de se identificar apresentando alguns antecedentes de trabalho e prestação de serviços, ninguém conhecia direito as procedências do nosso nortista que usava denominação nordestina, porém, sem apresentar nenhum sotaque que justificasse as afirmativas de sua origem. Naquele tempo todo nordestino era baiano para os das demais regiões do país. Bastava falar um, "ó chente", que todos diziam que era baiano. Aí ficou o Pernambuco, baiano, que nasceu no Pará.

Numa noite, estava um grupo de homens tomando umas cervejas no bar em que se encontrava presente o Jaú. Nisso vem o Pernambuco arrastando o chinelo, de cigarro no canto da boca, foleando uma revista e se dirige a outro bar na outra esquina. Jaú fica indignado e comenta:

— Passa e não fala com ninguém...?

Os parceiros não comentam nada, apenas olham uns para os outros como dizendo:

— Vem coisa aí!

Jaú então não conformado se dirige ao outro bar e fala com o Pernambuco:

— O parceiro, não fala com os amigos, não!

— O Pernambuco bate a cinza do cigarro sem olhar para o Jaú, levanta os olhos e responde:

— Não estou vendo nenhum amigo aqui a não ser, esses dois com quem estava conversando antes de você chegar.

Aí então Jaú se enfurece.

— Então você é meu inimigo? Você não sabe o que eu faço com os meus inimigos.

Pernambuco então retruca:

— Eu não estou dizendo que sou seu inimigo, apenas disse que não era seu amigo, pois nem lhe conheço direito.

Jaú irritado, vermelho, pronto para esmurrar, então fala.

— Eu posso me apresentar, mas você não vai gostar da apresentação.

Pernambuco apruma o corpo, joga a baga do cigarro na calçada e diz:

— De repente!

— Quem sabe eu já não conheço seus métodos de apresentação que outros tentaram mostrar!

Jaú furioso, então dá dois ou três passos para trás, levanta os braços na altura do peito, cerra os punhos e diz:

— Vem!

Pernambuco desce da calçada para a rua, levanta um dos pés encostando-o uma das nádegas, fica num pé só sem balançar o corpo, retira o chinelo do pé. Baixa novamente levanta o outro fazendo os mesmos movimentos sem cambalear, entrega os chinelos ao amigo do bar e vai de encontro a Jaú que espera cada vez mais furioso. Faz-se um silêncio sepulcral, os dois se encaram e Jaú sempre muito valente toma a iniciativa.

De punhos serrados dos dois braços, Jaú parte em ofensiva contra o Pernambuco que se desvia do soco e dá uma rasteira em Jaú que cai estirado. Jaú levanta Pernambuco o encara novamente e diz:

— Vem, bate na cara do papai, bate.

Jaú avança tenta atingi-lo, mas com uma rapidez descomunal Pernambuco se desvia do murro novamente, passa-lhe outra rasteira que faz com que Jaú caia e bata com a cabeça na guia da calçada e tenha um corte profundo. Jaú se levanta ensanguentado, cambaleante e Pernambuco o provoca:

— Homens como você eu estou acostumado a bater sem encostar um dedo.

Jaú ainda grogue tenta se aprumar, mas leva à ofensiva. Pernambuco joga o corpo para trás cruza as duas pernas nos quadris de Jaú e o lança contra as paredes do muro do bar. Jaú bate contra o muro, dá uma parada escorrega o corpo apoiado na parede e tomba inerte desacordado.

Grande parte da assistência, principalmente aqueles já haviam levado uns tapas do valentão, só não bateram palmas em respeito aos amigos e parentes de Jaú que já se encontravam nas proximidades. Após recobramento dos sentidos o brigão, apoiado por irmãos e cunhados, foi encaminhado ao hospital para os curativos já que a vítima do Pernambuco sangrava muito. Nisso chega o pai de Jaú inquerindo os presentes para saber como foi à história, após ouvir os relatos comenta:

— Isso um dia aconteceria.

— Até que enfim ele encontrou um **"PAPAI QUE ELE NÃO CONSEGUIU BATER NA CARA"**.

A HISTÓRIA DE MARQUINHO.

"QUEM PODE JULGAR A CAPACIDADE DE UMA PESSOA?"

"É muito fácil uma pessoa atribuir desqualificações a outra, quando não conhece a fundo as próprias limitações". (Augusto Cury).

Afirmar que uma determinada pessoa não está apta a qualquer função ou atividade, está tão fora de moda quanto jogar fincão ou bolinha de gude. A inclusão dos portadores de necessidades especiais já demonstra que não ter condição é uma afirmativa sem provas e irresponsável. Uma mãe ou um pai quando desqualifica seu filho para "protegê-lo", o faz achando que vai livrá-lo de sofrimentos menores sem perceber que outros que virão, terão consequências muito mais danosas. A marginalidade, por exemplo, é hoje uma das principais feridas que a humanidade carrega e que pode fechar, mas também pode tornar-se crônica ou até contagiosa.

Transformar uma pessoa num profissional promissor seja em que carreira for é uma das coisas mais difíceis, isso é comprovadamente uma função única e exclusiva da família, dos pais ou de quem assume a criação. Ninguém nasce intelectual ou culturalmente desenvolvido e o processo de desenvolvimento desses itens tem que partir dos que assumem a responsabilidade de condução, seja de um filho, de um neto, ou de um irmão.

De tudo que ouvi durante os meus anos de vida uma que ficou marcada foi a incrível história do Marquinho, um menino aguerrido, desde os primeiros anos de escola.

A família de Marquinho era muito pobre e seus pais tinham, além dele, outros cinco filhos e a dificuldade para a criação era imensa. O pai de Marquinho era jardineiro e ganhava por serviço prestado, sem emprego fixo, a mãe lavava roupa para fora, mas muitas vezes faltava trabalho e o dinheiro também não vinha e assim faltava o que comer o que vestir e quando ficavam doentes faltavam também remédios. Marquinho era o mais velho e ainda criança ajudava a mãe nas atividades do lar como arrumar a casa, cuidar dos irmãos e às vezes ajudava o pai na jardinagem quando ele adoecia ou o serviço era muito grande. Na escola, Marquinho era um aluno comum, mas muito esforçado em aprender e sempre trazia as atividades que a professora passava para casa com maioria das questões certas e com certo capricho. Às vezes não dava tempo em virtude dos afazeres de casa ou na ajuda ao pai, mas a professora conhecendo a realidade daquele aluno não se importava e incentivava dizendo que a outra tarefa ele faria.

A vida foi passando e a realidade da família não mudava e as dificuldades nunca diminuíam, só aumentavam. E para piorar a situação, o pai de Marquinho quando podava uma árvore próxima a uma rede elétrica, enroscou a ferramenta num fio de alta-tensão e foi atirado de uma altura de quase cinco metros e no impacto com o chão teve o nervo do seu ombro direito rompido perdendo os movimentos do braço que ele utilizava no seu trabalho.

Marquinho então teve de assumir o lugar do pai que passou a fazer só os serviços menores deixando o mais pesado para o filho. Mas, Marquinho que a partir daí passou a ser chamado de Marcos, tinha muita raça e fibra e assim passou a fazer o serviço do pai sem reclamar e sem deixar de estudar. Quando terminou o ensino fundamental, Marcos deu continuidade se matriculando no ensino médio. Desde muito menino, Marcos manifestava a vontade de estudar engenharia civil e comentava com os amigos que debochavam dele dizendo que "nunca aconteceria" e na cidade havia uma faculdade de engenharia que ao que parecia era o objetivo do agora rapaz.

Passaram-se quatro anos desde o acidente com o pai onde o menino ainda muito franzino teve de assumir as atividades profissionais do pai e assumir quase todas as despesas da casa e da formação dos seus cinco irmãos. A família embora com muita dificuldade seguia evoluindo em alguns pontos. O pai conseguiu com o tempo desenvolver alguma coordenação motora no outro braço e continuou trabalhando com o filho apenas nos serviços de podas de pequenas plantas nos jardins das casas e ruas da cidade, mas com todas as dificuldades, Marcos que assumiu também parte da educação dos irmãos, não permitiu que os mesmos deixassem a escola e exigia frequência, estudo e bom comportamento.

O tempo passava e o desprendimento do rapaz só aumentava, os irmãos já grandinhos assumiam algumas atividades sendo na ajuda com as atividades da casa ou com a ajuda ao pai. Contudo, o sonho de Marcos em ser engenheiro, foi-se desfazendo, porque o curso era em período integral e ele tinha de trabalhar na sua empresa de jardinagem que ele havia criado para a sobrevivência dele e da família. Com isso ele então que era arrimo da família e era muito respeitado pelos irmãos, decide convencer um irmão e uma irmã que terminavam o ensino médio, a ingressarem na faculdade e o irmão imediatamente mais novo que ele, em sua homenagem vai estudar engenharia enquanto que a irmã decide fazer administração de empresas.

A empresa de jardinagem cresce a olhos vistos, conceito e os rendimentos financeiros aumentam ao ponto de Marcos resolver comprar uma casa nova e maior para a família. Os irmãos ficam felicíssimos, pois, vão poder cada um ter seu quarto uma vez que tinham de dividir dois muito pequenos entre os seis. A mãe de Marcos quase não acredita no que está acontecendo com a família. Ela conta aos amigos que quando o filho mais velho entrou para os primeiros anos escolares, professores e especialistas diziam que o menino tinha mais de um "transtorno" e que dificilmente ele teria condição sequer de ser alfabetizado, quanto mais se formar em alguma coisa.

Após dez longos e felizes anos, a família se acomete de infeliz tristeza, o pai de Marcos já bem velhinho e cansado, portador de uma doença cardiovascular tem uma parada cardíaca e vem a falecer. Um ano depois a mãe que era diabética e com problemas renais também tem o mesmo fim. Os irmãos de Marcos cada um toma um rumo, dois deles se casam e vai morar cada um na sua própria casa, outro resolve ir morar com a namorada e os dois mais novos, um rapaz e uma moça, vão estudar fora da cidade. Marcos já com quase cinquenta anos, que viveu sozinho, sem companhia amorosa, só cuidando dos pais e dos irmãos todo esse tempo, assume homossexualidade, coisa que ele nunca manifestara enquanto cuidara da família e vai morar com um companheiro de pouco mais de trinta anos com quem viveu pelo menos mais uns vinte até falecer por morte natural e tranquila.

"NÃO JULGUE AS CAPACIDADES, APENAS DESCUBRA AS COMPETÊNCIAS".

Qual é o seu palpite?

De todos os jogos de azar que conhecemos o mais popular deles é, sem dúvida, o conhecido "jogo do bicho", que embora seja uma contravenção, não se sabe por que as autoridades não conseguem extingui-lo. Sendo assim, tem muita gente que ainda arrisca uma "fezinha" diariamente e alimenta a permanência dos chamados cambistas que são aqueles que recolhem as apostas do dia a dia.

Joaquim, então conhecido como pintor, pois tinha por profissão a pintura de paredes, portas, portões, janelas e demais unidades de casa de moradia ou de outras atividades, carregava consigo o que chamavam de vício pela referida loteria. Já acordava pensando num palpite para os sorteios do dia e para todo conhecido que ele encontrava no caminho perguntava:

— O que vai dar hoje?

Por essa razão ele adquiriu o apelido de "bicheiro" que acabou denominado Joaquim Bicheiro e de todos os que ele perguntava, sempre havia um palpite. Era no cavalo, no coelho, na avestruz ou em qualquer outro dos vinte e cinco bichos que compõem a tabela de apostas.

As pessoas já habituadas com os pedidos de palpites do Joaquim Bicheiro, ao vê-lo já imaginavam que palpite dar ao jogador. Uns davam palpites com convicção, outros apenas para serem educados ou por respeito a um homem de idade avançada e tinham aqueles que nem conheciam o jogo e davam palpites de bichos que nem faziam parte como girafa ou tatu, mas, quando era assim Joaquim sorria e dizia:

— Esse saiu do jogo por WO.

— Nunca compareceu.

Além de tudo era brincalhão o nosso Bicheiro.

Joaquim Bicheiro apesar dos constantes pedidos de palpites escolhia os conhecidos para consultar ao contrário da Melinha que não escolhia seus palpiteiros e perguntava a qualquer um que por ela passasse.

Contam que certa vez, Melinha passando pelo portão de uma vila de onde saiam três homens bem-vestidos, interpõe-se a um deles e pergunta:

— Moço, o que vai dar hoje? O homem não dá atenção, não se sabe se não entendeu ou se fez de desentendido, por sorte de Melinha é que o outro que vinha logo atrás a alertou de ela estava falando com um delegado de polícia e ela então entrou na vila, que nem era o seu destino, e foi parar na beira de um ribeirão que corria por ali tremendo de medo em ser presa.

Outra história que quem conta jura que é verdade, é a de um cambista de nome Jorge que se encontrava em uma cafeteria tomando um cafezinho e esperando por alguém que viesse apostar, percebe o cambista que alguns policiais se aproximavam de onde estava e ele não tinha onde se esconder, por isso, mastiga e engole o talão de apostas. Como os policiais estavam em outra diligência, passaram batidos e nem perceberam a presença do Jorge com a boca toda manchada de carbono do talão sentindo muito enjoo e fortes dores na barriga.

Mas voltemos ao Joaquim Bicheiro. O nosso jogador inveterado joga desenfreadamente e tem variações em ganhos e perdas, mais perda que ganho. Um dia um dos seus palpiteiros resolve investigar com o jogador de como ele utilizava todos os palpites que recebia, na hora de jogar. E ele confessou:

— Eu não jogo em nenhum palpite dos outros. Eu aposto naqueles que ninguém palpitou ou o que menos foi indicado.

Isso fora revelado a todos que fornecia seus palpites ao Bicheiro.

Pensam que Joaquim Bicheiro deixou de pedir palpites? Isso não ocorreu nem os palpiteiros deixaram de fornecê-los mesmo sabendo que só serviam para serem eliminados.

"NO JOGO, QUEM CONFIA DEMAIS NAS PESSOAS ACABA SEMPRE PERDENDO".

Q UEM POUCO ESPERA, MUITO ALCANÇA.

Eu nasci ouvindo e por muito tempo ainda ouvi: Vicente Celestino, Nelson Gonçalves, Isaurinha Garcia, Ângela Maria, Lupicínio Rodrigues, Orlando Silva, Linda e Dircinha Batista. Depois veio Cauby Peixoto, Adoniran Barbosa, Maysa, Dorival Caymmi, até atingir a Bossa Nova com Tom Jobim, Vinicius de Moraes, João Gilberto, Johnny Alf e tenho certeza de que vou ter de deixar de citar outras feras da música por pura falta de espaço nas minhas páginas, mas que merecem todos os espaços nas minhas lembranças e no assunto que vou dissertar.

Nos anos 1960 surgiram então: Chico Buarque, Caetano Veloso, Gilberto Gil, Gal, Betânia, Djavan, Milton Nascimento e a estrela maior da nossa música Elis Regina entre outros de muita qualidade.

Com a Jovem Guarda muitos garotos e rapazes começaram a desenvolver pequenas habilidades musicais onde aprendiam a cantar razoavelmente e a tocar um instrumento "nos bailes da vida" como falou o Milton. Foi com Roberto Carlos, com o Erasmo e os demais que fizeram sucessos com o movimento, que deu início então a febre em se tornar músico profissional na juventude da época.

O gosto musical não se esgotava no íntimo da rapaziada e a cada novidade surgida o desejo de persistir na tentativa em tornar-se artista era consolidado, porém, sem nenhum sucesso que justificasse a consolidação que parecia surgir e assim as ideias amornavam e ficava apenas um resquício de tentativa.

Começa então a história musical de LAURO ALMEIDA.

Quando nasceu o Lauro, seus pais já desenhavam uma tendência de que ele viesse a seguir o caminho da música, mas era apenas um desejo até certo ponto reprimido pelas dificuldades que eram comentadas por aqueles que ousavam tentar carreira na arte musical e tinham às vezes de desistir em razão da pouca ou quase nenhuma valorização que era oferecida. Mas, ninguém com um mínimo de consciência e maturidade desfaz-se dos sentimentos adquiridos e assim as oportunidades poderiam surgir pouco produtivas, mas com maior intensidade no desejo de seguir na tentativa de fazer sucesso, mesmo que de uma forma pequena, local, entre uns poucos amigos que incentivariam e criariam uma expectativa que muito lentamente poderia acontecer.

Aos sete anos, Lauro começa demonstrar pequenos interesses por ritmos e melodias, que incentivado pela mãe, começava a desenvolver tendência em criar pequenas músicas e alguns sons em instrumentos de brinquedo. Foi num piano muito pequeno de poucas e pequenas teclas que ele demonstrou sua criatividade ao produzir sons com sequência musical onde era fácil perceber sua capacidade de afinação, desenvolvimento de compasso e demonstração de muita percepção auditiva e isso muito incentivou os pais a procurar um profissional que o orientasse. Assim foi feito e ele passou a estudar com uma professora muito conhecida na cidade.

Foi-se formando assim a cada dia que passava um novo * Jean Michel Jarre, como desejavam que fosse com os estudos de piano e as práticas no sintetizador que aconteciam insistentemente e que às vezes até incomodava, pois aconteciam nos horários de descanso dos demais membros da família ou quando estavam assistindo TV. E era aí que reclamavam:

— Lauro para com isso. Vem dormir.

E ele quase sempre não obedecia e insistia nos estudos que iam até a hora em que ele tinha de parar para descansar para as atividades escolares do dia seguinte. Mas seu esforço era tanto que aprendia com muita rapidez e assim pode iniciar uma pequena carreira tocando com o pai em pequenas festas, alguns barezinhos e em cerimônias de casamentos. Numa oportunidade, eles foram chamados para tocar numa cerimônia numa igreja católica onde não se permitia músicas profanas. Antes de iniciar o padre foi verificar quais músicas seriam tocadas e vetou quase todas que os noivos haviam escolhido e o Lauro que contava com apenas nove anos teve de tocar, sozinho, músicas que nem sequer haviam sido ensaiadas.

O desenvolvimento musical do menino era tão impulsivo e aflorado na sua naturalidade que sua professora de piano disse aos pais não ter paciência para ensinar alguém que só aprendia o que queria, não seguia as instruções e muito menos as técnicas que ela aplicava e assim tornava-se difícil para ela ensiná-lo, que seria melhor que procurasse algum profissional que o orientasse com técnicas diferentes da que ela estava acostumada. A professora de piano era uma das mais antigas e conceituadas da região. Formou muitos músicos e tocava muito bem. Então não resta nenhuma dúvida de que a dificuldade não estava na sua competência, mas no estilo que ela aplicava e naquilo que o aluno gostaria de aprender.

Então, foi necessário buscar outra forma de estudo e assim encontrar alguém que ensinasse a tocar utilizando métodos diferentes que acompanhassem o estilo de sua preferência que eram os sucessos musicais da época. Nesse espaço de tempo iniciavam-se as atividades de uma *escola de órgãos eletrônicos na cidade e o menino foi matriculado e reiniciou seus estudos. Seu aprendizado foi desenvolvendo com muito sucesso e com o tempo a escola de música que também era uma loja de instrumentos, precisou de alguém para fazer demonstrações dos instrumentos e convidou-o então para fazê-lo o que foi de grande serventia, pois, foi aí que ele pode ter contato com outros tipos de instrumento. Lauro pode aprender técnicas de quase todos e a ter noção de como aplicá-los numa música sem, porém, deixar de se dedicar aos teclados que eram seus preferidos.

Passados alguns anos, ele adquiriu maturidade musical e muita habilidade com os teclados e assim foram surgindo novas oportunidades e o nosso, agora músico, passou a receber convites para tocar em bandas e eventos maiores, com isso teve contatos com importantes músicos da cidade onde surgiram possibilidades de aprender muito mais. Tocou com cantores, instrumentistas, maestros arranjadores, teve inclusive algumas participações com a banda da Escola de Especialistas de Aeronáutica de Guaratinguetá – SP, onde nasceu, e se dedicou também a prática da gravação, produção e arranjos. Ao se casar sentiu então que havia a necessidade de se transferir para uma *cidade que lhe proporcionasse maiores condições da aplicação dos seus dotes artísticos e técnicos e hoje o faz com sublime competência.

Aprendeu a tocar violão e passou a se apresentar de maneira solo, violão e voz, e também precisou se dedicar ao estudo da língua inglesa para cantar o repertório preferido dele e do seu público.

Eu só sei que ao tentar formar um músico mediano, que pudesse só acompanhar outros músicos, e que o ajudasse no complemento salarial de outro trabalho, acabou por ser produzido um "monstro". "Monstro" na execução instrumental, "monstro" na execução vocal, "monstro" nos arranjos musicais, monstro na coordenação e produção dos seus shows, "monstro" na interpretação. Monstruosidade no sentido espetáculo. Maravilhoso.

Sei que acabei sendo presunçoso arrogante e pretensioso ao transcrever esse pequeno histórico, mas, sei também que a humildade e a modéstia são características de extrema importância no tratamento que a pessoa tem de ter com qualquer semelhante e isso não falta ao nosso personagem, mas um trabalho para ser bem executado precisa de uma dose de arrogância, pretensão e presunção que só assim será reconhecido. Quem o conhece sabe da sua competência, quem ainda não o viu tocar e cantar, um dia ainda vai saber quem é:

"LAURO ALMEIDA, A QUEM EU CHAMO DE PHIL COLINS DO SERRADO" NOS PRÓXIMOS DIAS ESTARÁ NUMA TOURNÊ PELOS MARES DA COSTA SULAMERICANA E EUROPÉIA, ENCANTANDO O MUNDO.

* Jean Michel Jarre, Tecladista francês de muito sucesso nos anos 1990. Rendez Vous foi seu maior sucesso na época.

*Atualmente Lauro reside em Anápolis - Goiás   * A Escola e loja de instrumentos citada era a Traviata – Guaratinguetá – SP.

Anápolis.

Abre-se a luz do sol e clareia
Uma variação de verde imenso
Vêm os gorjeios mágicos e puros
Na imensidão de um serrado denso
São pássaros que polinizam as flores
Beijando a branca e a amarela
São aves de todas as cores
Causando inveja à aquarela

Esse é um pequeno verso para homenagear a cidade que tão bem acolheu a mim e a minha família. Deu-nos grandes amigos, garantias e possibilidades de uma vida tranquila, sem atropelos.

Quando aqui chegamos pela primeira vez em dezembro de 2003, tínhamos uma certeza de que viríamos para um passeio curto de poucos dias e acabamos ficando um mês. Viemos para matar a saudade do filho, da nora e da netinha que havia nos dado a felicidade e a riqueza do seu recente nascimento e nos deixou chorosos na cidade em que vivíamos Guaratinguetá – SP.

Ao sairmos de Guaratinguetá com destino à Anápolis, imaginávamos que iríamos encontrar uma cidade pequena como a nossa e com as mesmas características, mas, qual foi nossa surpresa ao depararmos com essa imensidão que abriga tanta formosura e um povo acolhedor que nos fez decidir de imediato em habitá-la definitivamente.

Nossa opção de mudança estava decidida. Apesar da distância longa, e ter de deixar nossa casa, filhos, neta, amigos, e parentes que ali ficariam e não tínhamos certeza de que, talvez, fossemos sentir falta e de repente resolver voltar. Saímos numa madrugada quase às escondidas, para evitar a tristeza das despedidas, e pela manhã já estávamos curtindo a estrada buscando nosso destino.

Ainda nos primeiros meses tivemos alguns percalços que abalaram bastante. Foi um acidente automobilístico do filho em Anápolis e uma gravidez de risco da filha em Guaratinguetá. Tivemos que nos dividir, eu e a esposa, para assistirmos aos dois e foi uma separação espinhosa para ambos. Mas, o filho acidentado se recuperou, a filha nos deu um neto maravilhoso e tudo começou voltar ao normal gradativamente. Passamos a nos comunicar periodicamente e visitarmos uns aos outros sempre que possível ou necessário.

Hoje, só nos resta a felicidade de estarmos morando num lugar tão aprazível e com recursos naturais que muito colabora com as possibilidades de sobrevivência, seja financeira uma vez que há bastante fartura e os custos são condizentes com nossas posses, como a formação geográfica que transmite satisfação e alegria ao observá-la.

É lindo curtir o cerrado com seus pastos verdes, árvores curtas e folhosas, flores diversificadas em formato e cores, os frutos tradicionais e os próprios da região, o clima ameno e sempre agradável, assim como sua fauna variada de muitas aves e suas cantorias.

É divino acordar com o gorjear dos pássaros, as maritacas agitadas, os bem-te-vis e os sabiás laranjeiras cantando na grade na nossa sacada. Não vou cuspir no prato que comi e desfazer da minha cidade natal onde nasci e vivi por cinquenta e sete anos, mas, estou satisfeito na cidade em que vivo e acho que todos os da minha família que aqui vivem e não pensamos em voltar, a não ser que papai do céu decida que assim façamos.

Amo minha cidade natal, mas sou apaixonado por Anápolis a cidade que me permite, hoje, chamá-la de minha e que só me faz sentir saudades das pessoas que fazem parte do meu convívio e da minha vida, mas não do espaço físico que me sustenta.

"AMO GUARATINGUETÁ, MAS SOU APAIXONADO POR ANÁPOLIS".

Quem copia um conto aumenta
MUITOS PONTOS.

Como falei numa outra história, eu conheci e visitei várias pequenas cidades desse nosso interior brasileiro. E é engraçado como na maioria delas a gente escuta quase as mesmas histórias só mudando os personagens e seus endereços.

Em se tratando de histórias, as mais populares e que todos garantem que aconteceram nas suas cidades, estão as que envolvem políticos ou candidatos a políticos. É aquela conhecida do vereador que queria revogar a "Lei da gravidade", o da "sua excelência está ofendendo a minha excelência", o que diz que "deu entrevista na radia" e até aquele candidato a prefeito de uma cidadezinha, que ao ser entrevistado por um repórter de rádio que lhe pergunta como está indo a campanha, ele responde: - "Tá um corrimento desgraçado". Mas, eu vou contar uma que diziam ser verdade apesar de inacreditável.

As eleições municipais se aproximavam e numa cidade muito pequena no interior o prefeito estava terminando o seu mandato e prestes a se candidatar à reeleição. A cidade contava apenas com um comércio muito precário e uma única empresa de tratamento de eucalipto para a produção de postes de luz.

A tratadora dos eucaliptos utilizava de uma grande caldeira onde aquecia o produto para banhar a madeira e evitar que insetos como formiga ou cupim criassem seus ninhos e o destruíssem. Assim permitia um tempo de vida quase permanente para seus produtos que eram utilizados pela empresa de distribuição de energia do estado, na iluminação de casas e ruas.

Os eucaliptos eram descascados e suas cascas eram distribuídas à população que utilizavam de várias maneiras ou eram entulhadas num depósito próximo à caldeira e que formava uma montanha de material inflamável e perigoso.

Numa manhã, ouve-se uma explosão que estremeceu a cidade quase toda, a população correu, uns fugindo do local por medo e outros se aproximando para matar a curiosidade e saber o tinha acontecido. Logo todos já sabiam, a caldeira explodiu e espalhou fogo e óleo fervente para todos os lados. Um amontoado de cascas secas acabou se incendiando e formaram-se chamas altas e barulhentas. Os proprietários correm em busca de socorro tentando evitar que as chamas se espalhem pelas propriedades vizinhas e provoquem um caos maior. Mas, e o corpo de bombeiros? Não havia, e o município que possuía uma corporação ficava a aproximados cinquenta quilômetros do local, assim, quando conseguiram dominar o fogo, já havia queimado muito e por sorte não atingiu nenhuma casa da vizinhança que na sua maioria usava como cobertura as mesmas cascas que foram queimadas dentro da empresa.

A população se agitou na cobrança de prefeito e vereadores para que providenciassem uma corporação de bombeiros para a cidade e aí se deu o fato que provocou risos e indignação ao mesmo tempo.

Um vereador, no seu primeiro mandato, viu nessa situação uma possibilidade de tirar proveito para a sua próxima candidatura. Entrou com um projeto na câmara para a criação de uma corporação de bombeiros no município. Assim, aproveitando também a pressão que a população exercia sobre o poder público naquele momento, convenceu dois dos outros cinco vereadores a votar a favor do projeto. Na câmara havia cinco cadeiras mais a do presidente, portanto, comportava seis vereadores. O presidente se isentou em votar e o projeto foi aprovado por maioria.

Vai então o vereador procurar o prefeito para pedir que assinasse a lei do qual ouviu: — "Se a câmara aprovou eu assino". E ainda deu total liberdade para que o vereador providenciasse tudo, inclusive o lugar para a instalação. O vereador viu outra oportunidade nisso e solicitou da indústria de postes um espaço coisa que os proprietários não viram dificuldades, pois levariam vantagem, se eles precisassem em outra oportunidade, já estaria próximo.

A vida seguia na cidade e o vereador já pensando numa oportunidade futura. — Quem sabe a prefeitura? - Vai à busca do necessário para a instalação dos combatentes do fogo.

Um belo dia o vereador é convocado para comparecer à prefeitura, lá chegando ouve do prefeito que o secretário de fazenda havia pedido demissão por questões de saúde e que ele gostaria de nomear o vereador para a pasta. Tudo feito, o projeto aprovado, a lei assinada. Será? E agora ele com todo dinheiro na mão para executar o serviço. Vai então às compras. E foi o que fez o vereador.

Então muitos vão perguntar: Mas, para comprar com dinheiro público não é preciso licitação? Precisar precisa. Mas, quem disse que fazem isso? E foi o que não fez o vereador. E comprou material para o prédio, caminhão-tanque, outra viatura para transportar ninguém sabe quem, uma vez que o estado só forneceu dois homens para o serviço, e assim foi, tudo comprado com pagamento à vista e a toque de caixas. E assim foi instalado.

Vem então a inauguração. Propaganda em carro de som, convites às autoridades da cidade e das cidades vizinhas, show musical, show de palhaços e malabaristas, mas na hora de começar o vereador não via a presença do prefeito nem dos demais vereadores.

Voltando um pouco.

O prefeito, vendo que o tal vereador estava levando todas as vantagens, reuniu seus assessores, os outros vereadores e demais apoiadores políticos e combinaram um golpe contra o espertalhão que pensava levar vantagem em tudo. Então combinaram deixar que ele tivesse todas as facilidades, ou seja, "deixaram o bode vigiar a horta", como dizem lá no interior, e fizeram com que o vereador pensasse que estava confortável na situação. Mas, o vereador não sabia que tudo fora planejado pelo prefeito que via no edil um sério concorrente à prefeitura nas eleições, sendo assim, induziu o pobre político inexperiente e desconhecedor das falcatruas políticas, e nem a lei da instalação do corpo de bombeiros o prefeito assinou.

Ao perceber as ausências das principais autoridades do município no evento o vereador começa a desconfiar, mas já é tarde, ele vê se aproximarem alguns homens e um deles se apresenta:

— Eu sou procurador do Tribunal de Contas do Estado. Esses senhores que me acompanham são da polícia federal e o senhor está preso.

Veio um homem fardado colocou-lhe um par de algemas e leu os seus direitos.

— "VOCÊ TEM O DIREITO DE FICAR CALADO E TUDO O QUE DISSER SERÁ USADO CONTRA VOCÊ NO TRIBUNAL...".

O REI DO CAFÉ.

Na década de 1970 as produções cafeeiras no mundo estavam em grande expansão e os produtores em grande evolução financeira. Os governos incentivavam o plantio com financiamentos vultosos e a baixos custos, para incentivar a exportação.

Os fazendeiros do café, como eram chamados, além de todos os incentivos do governo, contavam também com garantias da venda da colheita e alguns até faziam altos seguros como garantia na hipótese de perda por intempéries, por exemplo, geadas.

A forte concorrência pelo qual passava os tradicionais exportadores com a inclusão de novos países no comércio internacional obrigava que os produtores multiplicassem as suas safras para suprirem os prejuízos com a redução dos preços.

Essa breve história foi para que pudéssemos ilustrar a que vamos passar a contar.

Numa região cafeeira, havia uma cidade que contava com vários cafeeiros e a competição pela valorização pessoal de cada um era ferrenha, cada qual garantia que produzia mais que os demais e reivindicava o título de "Rei do café" da região. Todos tinham quase que a mesma capacidade territorial e disposição de pessoal e equipamento para sucesso de plantio e colheita. Só havia uma diferença, um deles tinha um sobrinho que era técnico em meteorologia e que trabalhava numa empresa de consultoria no exterior.

Numa oportunidade, aquele que vinha dominando a competição de produtividade nos últimos anos, e que por coincidência era tio do citado técnico, recebeu dele uma informação que o sistema do país ainda não havia detectado, de que uma forte geada aconteceria naquela região. O produtor então antecipou sua colheita deixando poucos pés de café espalhados entre aqueles que haviam sido colhidos e assim, quando veio a tal geada que os outros só souberam depois de acontecida, ele teve poucos grãos queimados e os que foram colhidos antes ele alugou um silo particular e estocou sem que os outros produtores ou ninguém soubessem. Assim, os pés de cafés pareciam que haviam sido todo queimado e quando os técnicos do seguro e do banco foram vistoriar não se sabe se por conivência ou displicência não perceberam que a maior parte dos grãos não fora destruído pela geada.

O fazendeiro então fora beneficiado pelo fato uma vez que recebeu o seguro, financiamento para um novo plantio, além de conseguir a venda do café estocado. O lucro foi espetacular, com ele o fazendeiro comprou outras duas fazendas, máquinas colheitadeiras, contratou pessoal tudo a toque de caixas para que o dinheiro parado não levantasse suspeita do acontecido. Mas, como diz o ditado "onde o diabo passa ele deixa o rastro", assim aconteceu com o tal produtor que ficou mais rico que já era, ganhou novamente o título de "Rei do café", e preparava uma viagem de um mês para Os Estados Unidos com a família toda.

Quando preparavam as malas e faziam contatos com amigos e parentes que já estavam nos EUA, aconteceu um fato novo que abalou as estruturas de todos da família que já contavam com passeios na Disney e faziam planos. Uma ligação telefônica deixou nosso cafeeiro de pernas bambas, tremendo e gaguejando ao telefone. A família sem entender fica imaginando todo tipo de coisa que pudesse acontecer como o falecimento de um parente próximo repentinamente, ou um acidente com alguém da família, mas, de nada adiantou a tentativa de entendimento porque o fazendeiro cai desmaiado e tem de ser levado para o hospital. Chegando ao pronto socorro ele é atendido pelo médico que chama a esposa e os filhos e comunica. Ele é quem teve um acidente, Acidente Cardiovascular, para os médicos, AVC.

Passado o susto maior, a família é orientada pelo médico de que nada deve ser perguntado ao paciente que possa lembrar coisa desagradável, sendo assim, a esposa vai à busca de informação do que poderia ter havido de tão ruim para abalar tanto o marido que sempre pareceu tranquilo e equilibrado.

Amanheceu e a esposa do fazendeiro com dois dos seus filhos vai procurar saber quem falou com o marido naquela ligação telefônica e o que causou tanto abalo. Mas, não foi preciso, pois logo ela recebe uma ligação e quem se identifica é o contador do fazendeiro que explica todo o ocorrido. O silo daquela empresa que o marido alugara, há tempos vinha sob suspeita de irregularidades. Havia suspeita de contaminação de grãos por fungos não conhecidos pela maioria dos técnicos que faziam as análises e ao ser analisado por um perito internacional constatou a presença dessa praga que tornou toda a produção imprópria para consumo. Além de a produção ser toda recusada, nosso produtor teria de pagar uma multa fabulosa e teria suspensa a possibilidade de atuar no comércio exterior por vários anos.

O prejuízo não ficaria só nesses fatos, alerta o contador. O que o fazendeiro havia comprado e pago com parte do faturamento indevido: fazendas, caminhões, máquinas colheitadeiras, teriam de ser devolvidos com um prejuízo ainda maior, pois, os fornecedores se recusavam a receber os equipamentos pelo mesmo valor que venderam e ofereciam metade do preço para tê-los de volta. Além disso, teriam de desfazer de bens que eles já tinham anteriormente para completar o pagamento dos prejuízos.

A esposa, além de ser relativamente jovem, não se envolvia nos negócios do marido e os filhos muito jovens e sem nenhuma experiência, não tinham noção do desastre que estava por acontecer com os negócios e a saúde do pai que os médicos previam que haveria muitas sequelas e dificuldades para locomoção, isso, se ele sobrevivesse.

O único recurso que a família encontra naquele momento é a de apegar à fé e às orações. Passam a fazer correntes na família e pedem aos amigos que participem e assim ficam na espera de um milagre. Passam-se horas, dias, semanas sem aparecer solução, quem aparece são os credores tentando receber pelo menos parte das dívidas assumidas pelo agora não mais "Rei do café".

A família não deixa de se apegar à fé e continuam as orações e as correntes com pedidos e promessas. Até que acontece um fato, para quem acredita um verdadeiro milagre.

Numa tarde surge à casa da família do fazendeiro uma frota de automóveis trazendo várias pessoas. A esposa se assusta achando que viriam despejá-los ou coisa parecida, mas entre as pessoas estavam o administrador da fazenda e o contador do fazendeiro. Ela os recebe

51

toda desconfiada e o contador vendo a apreensão da patroa diz a ela que se acalme, que nem tudo estava perdido, e reforça que talvez a única perda e mais desastrosa seja a saúde do fazendeiro. Faz-se uma reunião na sala da casa e chegam então a uma decisão que fora muito bem acolhida pela esposa.

Vários fazendeiros da região resolveram comprar os bens adquiridos pelo fazendeiro antes da doença, pelo preço justo, e assim ela poderia pagar aos credores e não precisaria se desfazer do que já lhes pertenciam antes de tudo. E assim foi feito. Quando o fazendeiro finalmente deixou o hospital ainda se convalescendo pode voltar para casa e a esposa teve condição de pagar a conta do hospital bem como manter seu tratamento.

Contam que o fazendeiro nunca se recuperou totalmente e também nunca mais pode cuidar dos negócios, mas a esposa auxiliada pelo pessoal que trabalhava na fazenda conseguiu pagar as dívidas, a multa foi parcelada e passaram a levar a vida com menos riqueza, sem tanto luxo e que depois de um tempo deixou o marido e foi viver com o filho do administrador da fazenda. Mas, essa, "outro dia eu conto".

"NINGUÉM PODE COLHER O QUE NÃO PLANTOU".

A TAÇA DO MUNDO... É NOSSA...?

Estamos na véspera do dia do início da Copa do Mundo de 2018 na Rússia. Nota-se uma euforia na maioria dos torcedores e alguns não torcedores que em época de Copa, passam a entender de futebol tanto quanto os especialistas no assunto. É nas filas dos bancos, nos caixas dos supermercados, nos pontos de ônibus ou em qualquer local onde estejam mais de uma pessoa. Basta reunir um pequeno grupo para que o assunto desenrole mesmo que alguns nem saibam para que sirva juiz e bandeirinhas. Até aquela esposa que nos domingos normais de futebol o marido reúne os amigos para assistirem a uma partida na televisão, e que ela vai com os filhos para a casa da mãe muito a contragosto e irritada, em época de Copa do Mundo prepara os quitutes, põe a cerveja para gelar e reserva seu lugar no sofá, quando o marido deixa, para assistir as pelejas.

A primeira Copa que eu percebi que acontecia foi a de 1958. Eu estava na calçada de casa brincando quando ouvi o som do rádio ligado e uma vibração, fui ver do que se tratava e estavam meu pai e minha mãe sentados próximos ao rádio ouvindo a transmissão da partida final Brasil x Suécia e acabava de sair um gol do Brasil, mas, esse fato de meus pais ouvindo futebol pelo rádio não era comum desde que nasci.

A partir desse fato eu que contava com meus poucos sete anos, fui despertado para o interesse do jogo de futebol. Foi ouvindo os gritos de gol de Pelé, de Garrincha, de Vavá, Didi e outros que passei a me interessar em bater uma bolinha e assistir algumas "peladas" num campinho próximo de minha casa.

Veio então a Copa de 1962. Eu tinha nessa época pouco mais de onze anos e já tinha meu time preferido, que ainda é o E. C. Corinthians Paulista, e eu prestava muita atenção nas conversas de alguns adultos quando o assunto era futebol e mesmo com minha pouca idade dava para perceber nas conversas que a expectativa era muito grande com o Brasil naquela Copa. O elenco foi mantido só mudando alguns poucos jogadores que diziam os "entendidos", eram ainda melhores e que a possibilidade de uma nova conquista era tida como certa. Apesar do maior nome, Pelé, da seleção brasileira e talvez da Copa, ter se contundido no segundo jogo e não ter condições de disputar os outros jogos havia uma expectativa muito positiva da parte dos torcedores que já vinha de antes do início e que se manteve com os resultados dos jogos seguintes. Assim, com a atuação do Garrincha, que supera a ausência do Pelé, o Brasil conquista a taça pela segunda vez.

Na Copa seguinte, a de 1966, que aconteceu na Inglaterra, os brasileiros ainda mantinham aquela certeza de favoritismo por ter conquistado as duas Copas anteriores, por contar ainda com a maioria dos seus craques que participaram das duas conquistas, e ter o surgimento de alguns novos jogadores que eram grandes promessas como Tostão, Jairzinho, mas, que contava também com alguns já com idade avançada como Garrincha, Didi e Newton Santos. Com isso os mesmos sucessos de 1958 e 1962 não se repetiram muito pelo contrário foi um fracasso. Ganhou a primeira partida e perdeu as outras duas, sendo eliminado ainda na fase de grupos.

Veio então a Copa de 1970 no México. A derrota de 1966 mostrou aos torcedores brasileiros, mal-acostumados, que futebol não se ganha com nomes e nem antes da competição começar. Por isso a desconfiança era muito grande apesar de reconhecer a capacidade dos seus jogadores. A confiança na seleção pelos torcedores brasileiros só voltou a acontecer após a bela vitória sobre a Checoslováquia que era a última campeã da Europa e o Brasil venceu por 4x1, apesar de iniciar perdendo o jogo e o Brasil conquistou aquela copa mostrando muita qualidade no seu jogo e dos seus jogadores.

A Copa de 1970 no México foi vencida pelo Brasil como eu falei, mas as dificuldades que, principalmente os europeus enfrentaram pelo calor excessivo e o ar rarefeito em razão da altitude, fez com que os times sul-americanos e principalmente o Brasil levassem vantagem e tivessem um melhor rendimento.

Mas isso, não se repetiu em 1974 na Alemanha. Repete-se, sim, o feito de 1966, apesar de não tão desastrosa a atuação, pois chegaram as semifinais. O time brasileiro não confirmou a esperança e expectativa dos seus torcedores e assim caiu perdendo para a Holanda de Johan Cruyff, que no início da Copa nenhum brasileiro sequer conhecia. A partir daí, o Brasil passou a viver de desesperanças e incertezas, em 1978 havia alguma esperança, mas, com muita desconfiança e o máximo que conseguiu foi perder uma Copa, invicto.

Espanha 1982. O Brasil numa excursão pela Europa disputando amistosos vence a Inglaterra e a Alemanha em suas casas e assombra o mundo do futebol. Os Torcedores brasileiros antes mesmo dos jogos começarem já esfregavam as mãos e exclamavam: - "Essa é nossa!" E não havia quem duvidasse da competência de Falcão, Zico, Sócrates e Cia., e com as vitórias sobre União Soviética, Escócia e Nova Zelândia formou-se uma "certeza" de que era imbatível. Contra a Argentina nas oitavas de finais, foi um passeio, parecia treino e o brasileiro continuava: - "Não tem pra ninguém". Mas, teve. Teve a Itália de Paolo Rossi que fez três gols no Brasil. Até então, o Brasil havia levado apenas dois gols em quatro partidas e Paolo Rossi fez três num jogo só. Fim da Copa para a seleção que encantou o mundo e a Itália ganhou seu terceiro título mundial.

Craques como Cerezo, Éder, Júnior e outros menos badalados, deixaram a seleção após a copa de 1982, apesar de continuarem jogando pelos seus respectivos clubes. Os remanescentes como Falcão, que não jogou Sócrates e o Zico que se recuperava de uma contusão gravíssima, tiveram atuações abaixo do esperado na Copa de 1986 no México e esses principais jogadores tiveram participação direta na derrota para França nas quartas de final onde ouve empate em um gol no tempo normal e Zico perdeu um pênalti sofrido pelo lateral Branco, permanece o empate na prorrogação e Sócrates perde outro nas disputas das penalidades, e o mesmo acontece com o zagueiro Júlio César que também perdeu e o Brasil volta para casa, eliminado novamente, mas havia muita expectativa de vitória antes do início da Copa.

Quem era Sebastião Lazaroni? Um técnico pouco conhecido dos brasileiros. Atuou em clubes menores do Rio de Janeiro até chegar ao Flamengo, Vasco da Gama e seleção brasileira. Em 1990 na Itália, a confiança do brasileiro na sua seleção era diminuta. Técnico sem prestígio, jogadores em fim de carreira, faz com que o torcedor fique desconfiado e sem muita esperança. Brasil faz uma fase de grupos muito irregular apesar de três vitórias, mas, tem que enfrentar a Argentina de nada mais, nada menos, que "Diego Armando Maradona". O Brasil mantém-se no ataque a maior parte do jogo, mas numa única bola que chega ao Maradona estando sem marcação, ele põe Canilla frente a frente com Tafarel que não consegue evitar o gol e o Brasil perde e é eliminado.

Tal qual a Copa de 1990 o técnico substituto de Lazaroni foi Carlos Alberto Parreira que também não gozava de muito prestígio, mas já tinha sido preparador físico da seleção brasileira, técnico de outras seleções, foi campeão paulista e vice-campeão brasileiro por um time do interior de São Paulo, o Bragantino. O Brasil tem muitas dificuldades na fase de classificação para a Copa. Não fosse a habilidade e competência do baixinho Romário, para mim na época em que ele jogou foi o melhor que eu vi jogar, só perdendo para o Rei Pelé, mas não atuaram na mesma época. Na Copa também, o Baixinho, como era chamado, foi providencial com sua habilidade com Bebeto, levou a seleção a conquista da taça mesmo com as desconfianças e inconformismos de muitos cronistas esportivos e alguns torcedores.

Chega à era Ronaldinho que os italianos apelidaram de Fenômeno. 1998 a mídia não divulgava, mas era uma Copa na França para a França. Não quero dizer com isso que foi o mesmo caso da Argentina vinte anos antes, mas, foi uma Copa para a França ganhar, com todos os méritos, diga-se de passagem. A seleção brasileira dirigida por Parreira e que agora tinha Zagalo, o técnico campeão de 1970 como seu auxiliar, consegue levar o Brasil aos trancos e barrancos a final, mas, sucumbe frente a um adversário, não tão cheio de craques, mas determinado e com mais organização. O Brasil perde por 3X0 tomando dois gols de cabeça de Zinedine Zidane e no final tomou mais um de Petit, quando já era certa a derrota. Esse time tinha simplesmente Ronaldo Fenômeno, Rivaldo, Edmundo e Denílson, só para citar alguns. A derrota na final deixou os torcedores indignados pela forma como ocorreu, mas não esperavam muito mais que isso.

Na Coreia e no Japão em 2002, a seleção brasileira teve muita dificuldade. Já no caminho na fase de classificação para o Mundial, estava prestes à eliminação quando Felipão assumiu a direção técnica. Não foi fácil classificar e mesmo nos primeiros jogos contra Turquia e China, adversários de pouco prestígio à época, não havia mostra de que o torcedor podia confiar e acreditar na conquista daquela Copa, mas, aconteceu. Não se sabe como, mas o Brasil foi ganhando e acabou vencendo todos os seus adversários, tendo o artilheiro do torneio, Ronaldo Fenômeno, e a seleção mostrou um futebol sem tanto brilho, mas convincente.

Nas Copas de 2006 e 2010, em ambas havia boas expectativas, mas as participações foram discretas onde caiu atuando mal nas duas eliminações para França e Holanda respectivamente.

Chega à era Neymar. Copa do Brasil, Seleção campeã da Copa das Confederações com uma vitória acachapante sobre a atual campeã da Europa e do mundo que era a Espanha de Andrés Iniesta e Chavi Hernandes. A mídia esportiva e os torcedores olhando para trás imaginavam se Felipão conseguiria repetir a atuação de 2002. Inicia a Copa com surpresas. Uruguai perde para a Costa Rica, Holanda goleia a campeã da Europa e do mundo Espanha. O Brasil mostra deficiências numa vitória complicada sobre a Croácia e em duas apresentações discretas contra Camarões e México. Oitavas de final, contra o Chile, tem de buscar a classificação nas disputas de pênaltis depois de um empate difícil no tempo normal e prorrogação. Chegam então as quartas de final contra a Colômbia e o Brasil não deslancha e para complicar Neymar tido como a estrela maior, mas que não vinha brilhando, sofre de forma vil e criminosa uma joelhada nas costas e tem fratura de uma das vértebras que o tira da partida de semifinal contra a toda poderosa Alemanha e do resto do torneio. O resto dessa história eu não vou contar porque todo mundo sabe de cor e salteado, o que aconteceu e eu só vi até o segundo gol dos 7x1 contra os alemães.

Isso tudo que escrevi até agora serve de lembrança aos que também presenciaram tudo que relatei e para alertar quem só viu parte, que das cinco Copas que o Brasil conquistou, apenas em uma tinha a confiança de que ganharia por parte dos torcedores que foi a de 1962.

De todas as demais, a mais certa seria a de 1982 que deu no que deu. Portanto, "cautela e caldo de galinha, não faz mal a ninguém" e eu não gostaria de precisar reconstruir esse trecho do meu texto lamentando uma derrota triste e melancólica com foi aquela do time de: Valdir Peres, Leandro, Oscar, Luizinho, Júnior, Cerezo, Falcão, Sócrates, Zico, Serginho e Éder. Mas, comemorando um título do time de: Alysson, Fagner, Thiago Alves, Miranda, Marcelo, Casemiro, Paulinho, William, Felipe Coutinho e Neymar.

Quero gritar: — "**VAI BRASIL!**". **13/06/2018**

Mas... Infelizmente não foi assim. Foram quatro jogos, e a seleção brasileira tão decantada como "favorita" desde as eliminatórias, não passou das quartas de final perdendo para a Bélgica que mostrou que para ganhar tem de marcar, mas não só marcar os jogadores e sim uma coisa que os times do Tite não sabem fazer. "Marcar gols" e em se tratando de gol:

— "**QUEM NÃO FAZ TOMA**". **07/07/2018.**

Deus salve a música

Eu aprendi a cantar logo cedo, aos cinco ou seis anos, ouvindo rádio, minha mãe e meus irmãos que gostavam muito de entoar um lá, lá, lá, lá quando não sabiam direito a letra, mas a melodia estava gravada na memória. Os programas musicais nas rádios eram bastante acompanhados e nas casas sempre tinha um "radinho" ligado na hora das chamadas "Paradas de sucessos" onde se ouviam músicas fabulosas tanto de letras poéticas como melodias fascinantes. Os programas de auditórios sempre atraiam o público e neles se apresentavam grandes cantores e exímios instrumentistas. Eram violões, flautas, cavaquinhos, bandolins, e o "choro" predominava nas disputas entre os estilos, isso sem deixar de citar as grandes vozes de famosos e anônimos que se apresentavam vez ou outra nos auditórios ou nos salões de clubes sociais nos bailes shows em que realizavam principalmente nos fins de semana.

As marchinhas e os sambas de carnaval, que na época eram muito populares, atraiam a atenção de quase toda a população, principalmente nas cidades onde o carnaval era muito difundido. Os blocos carnavalescos de então, escolhiam as músicas de maiores sucessos para cantarem nos seus desfiles e assim todos os que gostavam de participar, estavam sempre ouvindo os rádios na hora da programação de músicas carnavalescas que sempre traziam novidades interessantes.

Naquele tempo se ouvia de tudo, pois, não havia como escolher um tipo específico uma vez que as rádios tocavam de tudo sem distinção e sem escolher horários ou estilos, apenas a música sertaneja, "a verdadeira", é que tinha horários próprios e que na maioria das vezes eram apresentadas ao vivo em auditórios.

Os estilos foram se transformando gradativamente. Eu particularmente ouvia o Bolero, Samba, Samba Canção, Tango, Fox, Rock and. Road, Twist, e etc.

Com a Bossa Nova o samba tradicional começou a ser modificado e teve até quem discordasse pela forma como as músicas eram cantadas e até acompanhadas pelos instrumentos. A famosa dissonância nos acordes comuns criou algum descontentamento nos músicos mais tradicionais da época, principalmente os especializados em músicas clássicas ou eruditas, que colocavam em questão a própria legitimidade da maneira de tocar e cantar. Grandes e famosos autores e cantores, que aderiram ao movimento, não se importaram, muito pelo contrário, criaram maravilhosas canções que ainda hoje faz muito sucesso.

Veio então à era Beatles e com eles, especificamente no Brasil, foi criada a jovem guarda. Com isso os estilos mais românticos de outrora foram tendo um espaço menor nas emissoras de rádio e o samba ganhou um pouco mais de espaço e novos autores foram surgindo e criando músicas que foram e são muito executadas.

Vimos na narração anterior que os estilos sofrem transformações a cada ano, década ou século e por essa razão principalmente nesse século, houve uma maior intensidade nas alterações nos movimentos musicais ao ponto de autores e cantores não encontrarem espaço para divulgar os seus trabalhos. A cada ano surgem novos ritmos e estilos que modificam as próprias sequências melódicas e faz desaparecer as grandes poesias em suas letras. São ritmos em andamentos extremamente exagerados, sons destorcidos, sem variações, sem clareza ou pouco compreensivos musicalmente falando. Não estou aqui desqualificando o que se ouve em rádios, nas emissoras de televisão ou nos carros nas ruas, apenas estou descrevendo fatos que mostram as modificações das preferências das pessoas e que difundem um variado desinteresse em ouvir sons mais dotados de musicalidade e romantismo. É muito comum ouvir falar que" gosto não se discute", que o mundo evolui também na música, assim como evolui nos cortes de cabelos, nas vestimentas, nos calçados, enfim tudo se modifica à medida que a população vai se renovando no seu gosto e no comportamento. Mas é preciso que se diga que grande parte da população gostaria que houvesse uma maior diversificação na divulgação dos estilos musicais e nas oportunidades aos artistas.

Assistindo a um programa de televisão onde participaram vários sambistas famosos do Rio de Janeiro, em entrevistas, nos seus depoimentos deixaram sua manifestação de insatisfação com a maneira que tratam o samba nos dias de hoje. Traçaram comparações, como exemplo, dos sambas das escolas de samba que se tornaram verdadeiros hinos onde às letras são determinadas por sinopse e as exigências do que precisa conter e a importância dos destaques nos refrões, limita muito a criatividade dos autores e saem àquilo que a gente houve com frequência ano a ano.

O difícil é que a manifestação musical não funciona como a das outras artes. Se você não gosta de um determinado estilo de pintura, basta que você não olhe para ela. Se você não gosta de uma modalidade esportiva, é só não ir onde está sendo praticada. Mas a música, muitas vezes, somos obrigados a ouvir nos altos sons dos carros que ninguém coíbe embora seja proibido, ou quando um vizinho faz uma festa e toca o que você não gosta, num volume exagerado que não tem como deixar de ouvir mesmo que ache ruim.

Está certo, como disse gosto não se discute, mesmo que não veja qualidade, mas, eu sinto saudade das músicas românticas, de lindas melodias, de letras poéticas e interessantes, das orquestras executando grandes sucessos atuais e do passado, de ouvir nossos bons cantores no rádio ou na TV, de assistir shows magníficos com grandes produções e que eu possa escolher o que ouvir na rua, nas praças, nos salões, e até na minha casa e que seja em hora ou no volume que me agradar. Assim sendo, sem querer ofender nenhuma preferência, eu digo que a verdadeira música brasileira, uma das mais admiradas no mundo inteiro, está perdendo espaço para algo que não condiz com a originalidade do povo brasileiro.

— **"MEU REINO POR UMA BOA MÚSICA"**

QUEM JOGA O QUE TEM PERDE O QUE NÃO TEM

Para um jogador comum, aquele que joga apenas esportivamente e não compromete seu orçamento mensal com as jogatinas, apesar das perdas constantes, não passa de um prazer, sem graça para muitos, mas que não afeta suas obrigações familiares. Têm aqueles que jogam para ganhar e sempre perdem e comprometem as suas economias e as da família causando transtorno para si e para todos que convivem com ele.

Foi assim com Caixetinha, que pelo nome dá para imaginar qual era o tipo de jogo em que ele despendia todo dinheiro que sobrava no final do mês, a caixeta, mas só depois de pagar as contas e comprar suprimentos para sua casa.

Caixetinha era muito responsável com o trabalho e com suas obrigações familiares, mas tinha o defeito de não conseguir ficar longe de uma mesa do famoso carteado que a história conta sobre muitos que entregaram economias, bens patrimoniais e até filhas ou esposas para cumprir com o pagamento de dívida de jogo. Para garantir a continuidade no jogo quando está perdendo, o jogador aposta o que tem e o que não tem e às vezes, não tendo mais nada de valor monetário para o pagamento, aposta o que o credor aceitar que pode ser até alguma das mulheres da família.

Mas, não era o caso do nosso jogador, até que algum fato de extrema necessidade acontecesse. Pelo histórico das jogatinas muitos que juravam que nunca teriam tal procedimento acabaram tendo de se resignar e praticar o feito.

Havia um homem de nome Antônio, daqueles de quem o escrúpulo não passava nem na porta, que era proprietário de um bar onde se praticavam jogatinas variadas clandestinamente. A falta de escrúpulos do tal homem era tão grande, que era prática comum ele aceitar e em alguns casos até preferir esse tipo de pagamento. Quando algum jogador propunha praticar tal infâmia e oferecia a esposa para atos libidinosos com ele em pagamento das dívidas, ele nunca recusava. Muitos praticaram e o proprietário da casa de jogos se vangloriava contando os feitos ainda que o perdedor implorasse a ele que mantivesse segredo. Ele prometia ser o mais discreto possível, mas não cumpria com o prometido.

Assim, muitos lares foram desfeitos, houve até casos de suicídios em razão de perdedores terem de entregar o bem mais precioso e que deveria ser muito bem conservado a uma pessoa sem um mínimo senso de humanidade.

Caixetinha tinha um amigo de nome Paul, em homenagem ao beatle Paul McCartney, que também jogava só que não tinha tanto controle quanto o nosso principal personagem. Esse amigo que era também colega de trabalho em um quartel militar. Mantinham grande amizade, como eles mesmos diziam, eram quase irmãos. Que um faria o que fosse necessário para livrar o outro de uma enrascada qualquer. Só que o pior aconteceu.

Paul tinha vinte e nove anos e uma esposa de vinte e sete que diziam que parecia atriz de Hollywood tal era sua beleza. Paul sem que Caixetinha soubesse passou a jogar no bar do tal inescrupuloso, induzido que fora pelo famigerado que ao saber das qualidades estéticas da esposa do rapaz fez todos os esforços necessários para levá-lo para jogar nas suas mesas, prometendo vantagens infinitas e créditos sem previsão de pagamento.

Ele passou então a jogar e a ganhar. Ganhava como nunca ganhou em toda sua vida de jogador. Estava tão feliz que o dono do jogo o convenceu a apostar numa mesa com jogadores milionários que apostavam altas somas em dinheiro. Não durou uma semana Paul entrou numa maré de azar e passou a perder valores tão altos quanto o que vinha ganhando anteriormente. Os valores das apostas só aumentavam e Paul perdia consideravelmente e quando não tinha mais o quê apostar passou a adquirir créditos com a casa que até então os liberava e o incentivava a jogar mais e mais. Mas, Paul só perdia.

Numa noite Caixetinha convida o amigo para uma cerveja e um papo e sente a apreensão e o desespero do amigo. Eles conversam e Paul acaba se abrindo e contando todo seu dilema para Caixetinha que fica desesperado, mas, àquela altura, não tinha nem noção do valor da dívida do pobre rapaz e nem imaginava o que fazer para ajudá-lo.

Depois de um longo papo e algumas cervejas eles se despedem e cada um segue para sua casa.

No dia seguinte, Antônio, o do bar do jogo, procura Paul no quartel onde ele prestava serviço e cobra a presença dele na casa de jogos. Paul se recusa, alega impossibilidade, mas o inescrupuloso apresenta três opções a ele:

Paul teria de pagar toda a dívida em uma semana; ou, a esposa de Paul teria de fazer companhia a ele numa praia paradisíaca por uma semana; ou, ele procuraria o comandante de Paul e o denunciaria formalmente o que seria um prejuízo enorme para a sua carreira.

Antônio deixou o local e após o expediente Paul foi procurar o amigo Caixetinha. Ele então conta ao amigo o ocorrido e fala do seu desespero. Caixetinha pede calma e o convida a pensar numa saída. Depois de quase uma hora conversando tentando encontrar uma solução, Caixetinha tem uma ideia e fala ao amigo.

Caixetinha há um tempo prestou serviço à polícia no combate ao tráfico de drogas e armas numa fronteira e fez muitos amigos naquela unidade, então ele pensou em procurá-los e ver o que eles os orientariam fazer. Os amigos policiais ficaram muito felizes com visita de Caixetinha que relatou todos os detalhes aos amigos e pediu ajuda contando o desespero de Paul, que não sabia o que fazer. Os policiais propõem à Caixetinha uma ação não oficial para que não despertasse nenhum alvoroço e que não houvesse nenhum alarde que chegasse ao conhecimento do comandante de Paul. Caixetinha acolhe com muito gosto e corre para contar a Paul as novidades.

Os dois amigos ficam então aguardando o que fariam os da polícia.

Após reunião para análise da situação e definição do que fazer, um dos policiais procura o dono da casa de jogos e se apresenta como técnico da área petrolífera. Diz então receber alguns técnicos estrangeiros que vinham para pesquisas, e que os mesmos gostavam da prática do carteado. Como aquela casa era muito conceituada no ramo das apostas, ele gostaria de levá-los para uma noitada numa de suas mesas. O dono do jogo além de inescrupuloso era muito ganancioso e não dispensava nada que lhe prometesse lucros e assim prometeu recebê-los muito bem.

Na noite seguinte vão então cinco policiais, disfarçados de estrangeiros usando sotaques carregados, chegam à casa de jogos e são bem recebidos pelo famigerado explorador. A noite transcorre tranquilamente e os jogadores mantêm-se entretidos no jogo e o proprietário parece satisfeito com os valores que a casa estava arrecadando. Lá pelo início da madrugada um dos policiais solicita a presença de Antônio à mesa e pede que ele desconte um cheque para poder continuar no jogo. Antônio se dirige a uma sala que parecia um tipo de escritório. Dois dos policiais vão em direção à sala a que Antônio se dirigiu enquanto os outros três se mantêm na mesa aparentando estarem jogando.

Antônio contava o dinheiro quando os policiais entraram e se identificaram com seus distintivos e renderam o salafrário. Logo em seguida um deles aproximou-se do cofre que se mantinha aberto e mostrava a presença de alguns papéis, verificou e encontrou a promissória assinada por Paul, onde ele se comprometia em pagar nada mais nada menos que cento e vinte e cinco mil reais ao dono do bar da jogatina. E a noite foi passando tranquilamente como se nada tivesse acontecido.

No dia seguinte os amigos de Caixetinha narram a ele o acontecido e garantem ao amigo que "aquele sujeito" nunca mais praticaria qualquer barbaridade daquele tipo, porque eles determinaram que não retornassem as jogatinas ou eles voltariam, agora oficialmente, com ordem de prisão.

Caixetinha procura Paul e entrega a promissória resgatada e o amigo chora muito ao ver o valor que ele nem sequer tinha conhecimento, pois, assinara o documento em branco tal era a volúpia em jogar. Isso só mostra que:

"PERDER FAZ PARTE DO JOGO DESDE QUE NÃO ENVOLVA A MULHER".

Papo de pescador

Ademar era tido como grande pescador. Sempre que podia preparava o caniço, o samburá e demais apetrechos sem esquecer o chapéu e de enrolar os cigarros de palha, que segundo ele espantava os mosquitos. Ademar tinha hora e dia marcados para ir para o rio buscar os lambaris, as tilápias, os mandis, bagres e às vezes alguma traíra. Era sempre aos sábados e domingos antes do fim da tarde. O rio era bom de peixe e Ademar aproveitava para faturar uma graninha a mais, que garantia o leite das crianças e uma mistura diferente no almoço de domingo, com a venda de parte dos pescados.

O rapaz além de bom pescador também tinha fama de um bom contador de lorotas sobre pescaria. Depois do trabalho normal na prefeitura da cidade, tomava banho, jantava e antes de dormir ia participar de um joguinho de sinuca no barzinho próximo de sua residência e lá rolavam grandes assuntos, mas, principalmente sobre pescaria e os temas eram variados, desde a quantidade dos peixes pescados aos tamanhos que às vezes eram bem exagerados.

A família do nosso pescador era constituída da esposa e três filhos, sendo uma menina e dois meninos que levavam uma vida pacata e tranquila apesar das dificuldades de cuidados e algumas necessidades que às vezes não eram supridas. E a vida transcorria daquela forma, trabalho, pescaria e algumas atividades de lazer.

O rio dividia a cidade em duas partes, era bastante profundo e de correnteza muito forte e em alguns trechos se tornava muito perigoso. Mas, era muito explorado por parte da população, que além da pesca, retirava areia e cascalho (pedra) para a construção de casas e até mansões. Ainda assim, os moradores ribeirinhos tinham hábitos de navegar em canoas de madeiras ou pequenos barcos de metal, alguns motorizados, que eram usados na pesca ou no transporte de materiais e pessoas. Havia apenas uma ponte ao longo de aproximados dois quilômetros e uma balsa muito grande substituía pontes transportando pessoas de uma margem para a outra.

Vez ou outra, nos períodos das chuvas mais pesadas, o rio transbordava alagando casas e alguns comércios que existiam mais próximo das margens, impedindo inclusive, que os moradores se locomovessem pelas ruas ou permanecessem nas suas casas que tinham de serem abandonadas até que houvesse o esvaziamento das enchentes e o rio voltasse ao seu fluxo normal.

Após esses acontecimentos, surgiam então muitos assuntos para serem transformados em histórias que seriam contadas nas portas dos botecos ou nas calçadas das casas antes dos fins de noites. Eram peixes enormes, serpentes, jacarés e outros tipos de animais aquáticos, que "diziam" que apareciam. Podia ter certa lógica, haja vista ser o rio muito extenso e que percorria muitas matas, em alguns pontos formava extensas lagoas onde viviam animais comuns e até alguns exóticos. Mas não chegava a tanto.

Houve uma dessas enchentes, em que aqueles que tiveram oportunidade de vê-la afirmaram ser a maior de todas e uma das mais duradoras, senão, a mais duradoura. Depois da vazão, assim que a vida voltou à normalidade, começaram a surgir os assuntos sobre aparecimento de bichos fantásticos em tamanho e perigo. Num desses fins de noites em que se reunia um grupo de moradores na porta da casa de Ademar, comentavam coisas acontecidas durante a última enchente e as histórias começaram então a surgir. Um falou que fulano falou para ciclano, que falou para beltrano, que falou para ele que vira um jacaré de mais de dois metros de comprimento nadando por uma das ruas.

Então, Ademar, que não é de deixar barato quando se trata de inventar uma historinha, levantou e falou:

— Pois, vocês não sabem. E eu vou contar.

— Quando a enchente começou a invadir minha casa, eu tratei de tirar as crianças e alguns objetos que davam para serem carregados e os levei para casa da minha sogra. Isso era mais ou menos quinze para as seis da tarde. Tomei um banho, jantei, e estava indo para ver o movimento quando minha mulher me chamou e lembrou-me que a gente tinha esquecido a chupeta do meu filho mais novo lá em casa. E que ele não dormia sem a dita cuja. O que fiz? Voltei para dentro, vesti um calção e fui em direção a minha casa para buscar a chupeta do menino.

Chegando lá, já passava das oito da noite. Entrei pelo portão, passei pela porta da sala. Quando me dirigia ao quarto das crianças, escutei um barulho e vi alguma coisa muito grande se movendo dentro d'água na cozinha. Aproximei-me... E vocês não vão acreditar... Era um tubarão enorme.

Aí alguém pergunta:

— Como que você conseguiu escapar?

Responde o pescador:

— Ele era tão grande que não conseguiu passar pela porta.

Se alguém acreditou não dá para saber. O que se sabe é que por muito tempo Ademar contava e garantia que era verdade.

"SÓ NA CABEÇA DE PESCADOR!"

Sexo...? ou Sexualidade...?

Esse tema traz complicada discussão à sociedade. Cada pessoa tem uma forma de pensar a respeito do assunto.

Sexo, puro e simples: é complicado de discutir uma vez que a criança não está devidamente preparada para entender o funcionamento da prática que, na família, é um assunto proibido.

Mas qual é a diferença entre Sexo e Sexualidade?

Generalizando: sexo é a prática, é a sedução, a luxúria, assunto que é tratado entredentes, sem se expor, sob o risco de ser tachado de pecador, de libertino ou outros rótulos que são atribuídos aos que se arriscam a discuti-lo abertamente.

Sexualidade: teria de ser uma disciplina para se estudar na escola?

Há controvérsias, mas, já diziam os mais antigos, "o que não se aprende em casa a rua ensina".

Em casa é difícil, pois o pudor e a vergonha impedem que o assunto seja veiculado entre os membros da família. Na escola, só entre os grupos de meninos e meninas, onde se conversam sobre os mais diversos temas sem conhecimento ou certeza de nada.

Mas e o professor? Como fica nessa história?

Como discutir com os alunos, seja eles de qualquer faixa etária?

Como explicar determinados comentários que surgem em burburinhos entre os alunos?

Têm que estar preparados?

Onde se preparar para essa situação?

Na verdade, isso ocorre de forma desregrada, e o professor a todo o momento é pego de "saia justa" quando surge o assunto na sala de aula, durante o recreio, na entrada ou na saída da escola.

Portanto, é complicado discutir "Sexo" na escola com os alunos, mas ensinar a anatomia, a formação dos órgãos, os fenômenos que ocorrem naturalmente com o homem e a mulher na sua evolução física e psicológica devem e têm de ser tratados por qualquer dos elementos responsáveis pela educação de qualquer criança. Omitir informações fundamentais desse nível a uma criança é permitir que outros, mal-intencionados, se utilizem do desconhecimento para abuso e aproveitamento.

Não se deve orientar uma criança quanto à prática do sexo, mas ela deve ser orientada quanto ao momento certo e aos riscos de uma prática precoce e sem os devidos cuidados.

Existem formas variadas de orientar sem induzir uma criança a qualquer coisa que ela não deva fazer. É necessário, por exemplo, que ela saiba dos ferimentos, das dores, das doenças, principalmente DSTs, e que é com a prática do sexo que se engravida.

Aí vem então a historinha que se ouvia nas escolas relacionada, supostamente, ao sexo.

Mariazinha, aluna da primeira série da escola era bastante comportada e até certo ponto tímida. Ao contrário, Joãozinho era espevitado, bagunceiro, boca suja, falava muitos palavrões.

Num certo dia, a professora sente que Mariazinha a chama com a mãozinha levantada sobre a cabeça, vai ao encontro dela para saber o que se passa. Mariazinha então pede a professora para ir ao banheiro o que ela de **pronto consente**.

Logo a seguir, Joãozinho também ergue os bracinhos sobre a cabeça e a professora então pergunta:

— O que é agora, Joãozinho?

E ele pergunta:

Posso ir ao banheiro?

A professora consente e pede que ele olhe a Mariazinha. Pede para ver se estava tudo bem com ela.

Os minutos vão passando e a professora percebe que já era tempo dos dois voltarem e então solicita a presença da inspetora de alunos e pede a ela que verifique o que estava acontecendo. Não demora muito, a inspetora retorna conduzindo as crianças, mas Mariazinha estava em prantos e Joãozinho assustado.

Ao chegar à sala, a professora tenta de todas as maneiras convencer Mariazinha ou Joãozinho a contar o que tinha acontecido, porém o menino se mantém calado e a menina continua em prantos. Até que a professora decide convocar as mães dos dois para resolverem a situação.

Quando as mães dos alunos chegam à escola, estão preocupadas e ansiosas para saber do acontecido e procuram os filhos para dar apoio. A mãe de Joãozinho, conhecendo o filho, sabendo das suas peripécias, vai logo o pegando pelo braço e perguntando:

— O que você aprontou agora?

E ele.

— Eu não fiz nada mãe, nem pus a mão nela e ela começou a chorar.

Diante do impasse, a mãe de Mariazinha vai com ela até o corredor e estando as duas sozinhas ela pergunta à filha:

O que ele lhe fez minha filha? O que pelos antecedentes do menino se imaginavam coisas horripilantes. E Mariazinha então toda envergonhada conta para a mãe.

As duas retornam para a sala onde já se encontravam diretora, coordenadora, além da professora, a mãe de Joãozinho e demais alunos.

Então a mãe da menina diz a ela:

— Mostra minha filha o que Joãozinho fez para você.

Então, ela vermelhinha de vergonha, coloca as duas mãozinhas com os dedinhos abertos sobre o rosto e fala:

— **"OLHA O BIIIICHO"...!**

O QUE TINHA TUDO PARA SER, MAS NÃO FOI.

Se Júlio Verne ainda fosse vivo, não o Júlio Verne do "Em busca do sentido da vida" de Augusto Cury, que é apenas um personagem de história, mas, o Júlio Verne das "Vinte Mil Léguas Submarinas", de "Volta ao Mundo em 80 dias", ou da "Viagem ao Centro da Terra", ele então escreveria sobre o estado de Goiás e afirmaria ser este o centro da terra que ele buscou quando escreveu sobre o tema e que foi buscar nas profundezas, mas, que estava na superfície e mais próximo do que ele imaginava.

Quando conheci o estado de Goiás, no início da década de 2000, por volta de 2003, parecia para mim se tratar de um mundo totalmente novo dado às suas características completamente distintas das regiões que eu conheci que foi o Sudeste onde vivi, ou outras que presenciei por imagens em fotografias ou de televisão. O céu parecia estar mais próximo, o Sol mais brilhante e intenso, as nuvens mais densas e consistentes, o solo mais plano e extenso, o vento se espalhavam com muita leveza e intensidade. Estranhei ao perceber que, "parecia", que estava vendo os contornos da Terra ao olhar para cima ou para o horizonte. Comecei a imaginar então, que havia encontrado o "Eldorado" que tantos procuraram ou que ainda hoje procuram.

As esperanças de progresso ao chegar à Anápolis, nos faziam lembrar amigos, que se aventuraram no passado em busca de novos horizontes e novas oportunidades para conquistas profissionais e de qualidade de vida e fazia com que tivéssemos quase certeza de que seriam salutares às nossas novas pretensões.

As promessas de intenso progresso da cidade nos convencia mais e mais que haveria um futuro promissor para quem se arriscasse ser como nós e aceitasse deixar a comodidade a que estava habituado e enveredar por caminhos que prometiam bastante, mas que exigiria muita resignação e abnegação à decisão tomada visto que a desistência e o arrependimento só trariam mais dificuldades e transtornos emocionais e financeiros.

Decisões e atitudes foram tomadas em várias tentativas, umas com algum sucesso e outras que não deram certo e ficaram apenas as experiências negativas. Mas, muito foi feito para que algo desse certo até que a acomodação e o tempo convencessem de que seria melhor apenas usufruir das conquistas do passado.

Hoje, Goiás continua com suas formas geográficas de antes, mas o progresso esperado ficou apenas pela metade daquilo que parecia que aconteceria, não foi tudo que prometiam e muito ao contrário perdeu bastante do que já tinha conquistado.

O único berço dos aviões caças brasileiros que era na Base Aérea da Aeronáutica de Anápolis, foi transferido para outra cidade de outro estado e só sobraram movimentos de algumas poucas naves que lá permanecem. A linha Norte/Sul da estrada ferroviária que foi construída a peso de ouro com dinheiro do bolso da população, virou apenas promessa de campanha política e se tornou um estorvo tanto para a cidade quanto para o estado. E com isso o "Porto Seco" que traria muita movimentação comercial e de empregos para a cidade de Anápolis e região só ficou na história e hoje não tem "trem, nem bão nem ruim". O que tem é muito remédio. Parece até que ninguém fica doente, ou não deveria, porque com as inúmeras unidades fabricantes de medicamentos que existe, nos hospitais deveriam sobrar leitos, mas, não é o que acontece e sim faltam leitos e remédios tanto nos hospitais quanto nos postos de fornecimento gratuito.

Que me perdoe à população de Goiás, mas o povo goiano vive hoje de fornecer comidas variadas àqueles que também por comodidade e às vezes diversão tem preferência em consumir tipos comuns de alimento feito em barracas, bares e carrocinhas variadas, que comer uma comida mais bem elaborada, asseada, com mais qualidade nutritiva e menos ônus para os bolsos que são aqueles feitos em casa por qualquer pessoa da família. Com isso, a principal economia da maioria das cidades passa a ser o chamado em inglês "Fast Food", e o comércio de alimentos começa a atrair todos aqueles que preferem ser o próprio patrão para não ter horário determinado, dia certo de trabalho, nem ninguém controlando suas atitudes no tratamento ao consumidor dos seus produtos. Há aqueles que deixam empregos e outros que desfazem de patrimônios próprios ou de família, para empreender nos comestíveis.

Isso traz mais lucro que um trabalho numa indústria ou em qualquer outra atividade empregatícia? É claro que não. Mas, ter de acordar cedo, cumprir horário diário, traz mais incômodos que a diminuição do que arrecada financeiramente no fim do mês.

É errado ou desonesto vender comida?

Claro que não é!

O que não é certo é transformar a economia de uma cidade, de um estado ou de um país, numa quase única atividade comercial só por ser mais cômodo e que traga facilidades. O comércio, desde muito antes de Cristo, é a principal atividade econômica no mundo. As grandes empresas produtoras de alimentos iniciaram suas atividades com fabricação e venda de guloseimas, em pequenas quantidades até atingir uma valorização maior dos seus produtos e ter de aumentar sua produção para atender demandas conquistadas. Vide as grandes lojas de "Fast Food" mundiais.

Mas, para atingir esse patamar de popularidade e preferências o produto comercializado teve de passar por diversos aprimoramentos para atingir cada vez mais a aprovação daqueles que irão consumi-lo.

Assim, em se tratando das cidades do estado de Goiás, na minha humilde opinião, deveriam começar por aprimorar a qualidade dos seus pãezinhos e dos derivados do leite. O povo não come só pamonha, pequi, gueroba ou churrasquinho e não quero dizer que em Goiás só se produz esse tipo de comida, mas, trata-se dos produtos mais populares da culinária goiana, assim, como o vatapá e o acarajé da Bahia, a buchada do Norte, da pizza paulistana, o tutu e o queijinho mineiro, a tradicional feijoada do Rio de Janeiro, ou, o churrasco com chimarrão do Sul.

A qualidade dos produtos para o consumo da população em massa, passa pela exigência que os consumidores impõem na hora de comprar, mas não é próprio do goiano nem reclamar quanto mais exigir. Pode ser na qualidade de um produto ou de um serviço, se não está bom ele deixa de comprar daquela loja, ou, se é mal atendido não volta. Essa atitude não colabora em nada com a melhora do serviço, muito ao contrário,

75

o comerciante ou o prestador de serviço quando tem seu produto ou serviço rejeitado apenas deixa de comercializar e prestar e não procura melhorar, mas, quando recebe uma reclamação ele entende que se o consumidor está reclamando é porque não vai deixar de consumir o seu produto se melhorar sua qualidade.

Quando cheguei à Anápolis com meus costumes de paulista que sou, percebi que alguma atitude principalmente de cobrança ou de reclamação não era muito bem entendida. Passei por várias situações em que precisei reclamar de alguma coisa e as pessoas me olhavam com indignação e estranheza. Percebi que estranhavam meus hábitos pouco comuns para os que me assistiam. Vou contar um fato que me ocorreu.

Estava eu aguardando um produto que comprei pela Internet e que tinha uma previsão de sete dias para entrega. Passados oito dias sem que chegasse, fiz uma consulta no rastreador dos Correios e lá constava que a encomenda não fora entregue porque o carteiro em duas visitas não encontrara ninguém em casa, o que não era verdade, que faria nova tentativa e que se ninguém fosse encontrado novamente a encomenda seria enviada de volta ao remetente. Aguardei o final do dia e não apareceu ninguém para efetuar a entrega.

No dia seguinte, logo cedo, me encaminhei à agência dos Correios referente e solicitei a verificação então para que eu pudesse retirar a minha encomenda. O atendente verificou no sistema e confirmou tudo que eu já tinha visto e me informou que a encomenda estava em posse do carteiro.

Eu então exigi fazer uma reclamação formal e o funcionário pediu que eu aguardasse enquanto ele chamaria o chefe da seção.

Enquanto eu aguardava, um rapaz que se encontrava no local se aproximou e me falou:

— Moço, não reclame não. A pessoa pode perder o emprego. Ele deve ter família e pode ser demitido. Imagine ficar desempregado hoje em dia!

Então eu falei:

— Rapaz, da mesma forma que ele cometeu o grave erro comigo, se eu não reclamar, o chefe dele não vai saber e ele pode cometer esse e outros erros muito mais graves com outras pessoas. Você gostaria, por exemplo, que deixassem de entregar um documento importante a você por negligência?

E ele então respondeu:

— Não. O senhor está certo. Eu não gostaria.

Isso demonstra a falta de hábito cultural da parte do povo em reclamar quando não é bem atendido por um prestador de serviços. Ele tem por obrigação, praticar da melhor maneira possível o seu trabalho para que possa ser reconhecido. O bom nível na exigência afasta e inibe a negligência.

O povo goiano eu credencio como gente inteligente, sábia, honesta, trabalhadora, simpática, acolhedora, que se eu for relacionar todas as suas qualidades não haverá adjetivos suficientes para tanto. Mas, o adjetivo que falta é, sem dúvida, o de exigente. Poderiam exigir mais sobre o seu direito que assim a cidade seria muito mais qualificada.

O goiano não reclama do barulho altas horas, do lixo nas ruas em que transeuntes não se importam em deixar, do serviço público em geral com suas precariedades, da polícia que precisa atender quando é chamada, da Postura (órgão fiscalizador da prefeitura), que pode atender melhor a população e outros serviços oficiais e que não condizem com a qualidade que a cidade e a população merecem.

Goiás é rico em produção de grãos, leite e gado de corte. Mas essas não são as únicas riquezas do estado. A cultura e a educação estão estampadas nas grandes e pequenas escolas, nas universidades estaduais e federais. Seus municípios são dotados de excelentes profissionais nas áreas da saúde, de direito e biológica, seus profissionais altamente competentes, e de suas belezas naturais.

Em 57 anos de sudeste dá para contar nos dedos as poucas vezes que visitei as cidades praianas. Em Goiás, eu já perdi as contas de quantas vezes visitei a linda Caldas Novas e a paradisíaca cidade de Rio Quente. Pirenópolis maravilhosa com suas cachoeiras exuberantes, a longínqua, mas maravilhosa Aruanã e o grande rio Araguaia onde tive o prazer de um longo e delicioso passeio de barco apesar de o forte calor da região.

Hoje, posso dizer que sou metade paulista e metade goiano, mas, que sou trinta por cento Guaratinguetá e setenta por cento Anápolis.

Não quero que os goianos que muito bem me acolheram e que considero como grandes amigos, que porventura me derem a honra de ler o que escrevo, venham considerar agressivo o que relatei de supostos pontos negativos do estado e tomar como ofensa de minha parte. A minha intensão é de relatar fatos e traçar comparações com as diferenças encontradas em outras regiões e se aplicadas podem tornar mais aprazível o que já é muito bom para se viver.

"CONSERVAR É NECESSÁRIO, MAS, MELHORAR É PRIMORDIAL."

GUARATINGUETÁ MINHA TERRA NATAL,

ÉS A RAINHA DO MEU CARNAVAL.

Assim cantava o bloco carnavalesco "ALEGRIA E NADA MAIS" que era um dos que animava o carnaval de Guaratinguetá nos meus primeiros anos de vida até o início da minha adolescência lá pelos anos de 1960. Mas, Guaratinguetá não foi só a rainha do meu carnaval como também o berço esplêndido em que nasci e me criei, casei e criei meus filhos.

Morei por cinquenta e sete anos, constitui minha família, ajudei a formar muitos cidadãos quando atuei no magistério e servi de exemplo a muita gente que gostavam do meu trabalho como músico e artista da noite da cidade e região.

O carnaval da cidade me marcou muito, pois, foi nele e através dele que adquiri gosto pela música e foi nele que tive as oportunidades de cantar tocar e aprender os instrumentos que hoje toco que me trouxeram as facilidades e me proporcionaram oportunidades de conhecer pessoas fabulosas no ramo artístico, que me ensinaram muito do pouco que aprendi.

E ainda sinto saudade ao lembrar-me de:
"Banto, Gêges, Nagôs,
Abram alas minha gente,
Pro rei negro que chegou".
E de:
"Sete chaves, sete cores,
Sete mistérios também,
Em três dias de folia,
O povão canta outra vez".
De:
"Requebre baiana,
Requebre que eu quero ver,
Morena cor de canela,

79

Pimenta de cheiro, feijão na panela".
E mais:
"Guará é tinga-tinga,
Bota o guisado pra assar,
Repica na timba,
Que o rei tá pra chegar".
Mais um:
"Ei, gatinha!
Topas me namorar?
Vem curtir a liberdade,
Você vai se apaixonar".
De:
"Chegou, chegou,
A hora chegou,
Mexe a batuta maestro,
Que o samba esquentou".
E esse que praticamente toda cidade ainda hoje canta por ser o mais antigo e popular:
"Abram alas pessoal,
Viemos apresentar o nosso carnaval,
As baianas em harmonia,
Escuta o repicar da bateria,
Ó, quanta alegria".
Esses são alguns refrões que fizeram sucesso com as principais escolas de samba da cidade.

Guaratinguetá apesar de se destacar pelo ótimo carnaval, que já foi muito melhor, diga-se de passagem, que ainda me faz lembrar os desfiles das décadas de 1970 até por volta de 2000, teve uma sequência de inconstâncias e apesar de não se extinguir se manteve de forma precária na sua manutenção, um ano sim, dois não e que hoje não se tem certeza de que será mantido e até quando apesar do grande esforço que emprestam seus baluartes para que a diversão seja mantida para o prazer dos aficionados.

Mas, a cidade não viveu apenas de carnaval, o futebol amador e profissional também movimentou grandes interesses dos moradores e dos moradores das cidades vizinhas, principalmente as que se encontram muito próximas. O futebol nos anos de 1960 até por volta de 1963, movimentou muito a população com a participação da "ASSOCIAÇÃO ESPORTIVA DE GUARATINGUETÁ" na elite do futebol paulista onde disputava contra o Santos F.C. de Pelé e Cia., contra o São Paulo F.C. de Beline, De Sordi, Canhoteiro e outros selecionáveis, a Sociedade Esportiva Palmeiras de Julinho, Vavá, Djalma Santos e outros também da seleção brasileira, assim como meu E.C. Corinthians Paulista, que, diga-se de passagem, o maior campeão do Brasil e o único bicampeão Mundial das Américas, que tinha em seu elenco os selecionáveis e bi campeões mundiais Gilmar dos Santos Neves e Dino Sani, mas que na época só conseguiu um magro 0X0 contra a Esportiva perdendo as demais e sendo o único grande de São Paulo que não ganhou em Guará. Curiosidade: O Palmeiras foi o único que ganhou "roubado" com um gol de Vavá em impedimento e esse eu vi bem, pois, eu estava atrás do gol em que aconteceu.

Eu com meus onze para doze anos me divertia assistindo aos jogos e após os treinos eu e outros meninos ficávamos pegando as bolas para o técnico quando treinava os goleiros.

Guaratinguetá não vive só de carnaval e futebol, suas festas culturais e religiosas movimenta a população local e das cidades vizinhas, seu comércio atrai turistas de toda a região nas datas em que é comum presentear ou nos fins de ano com a chegada do Natal. A cada ano a visita aos monumentos religiosos aumenta com a presença de romeiros de todo o Brasil, assim como de outros países.

Apesar de já estar há mais de dez anos distante, é difícil esquecê-la uma vez que mantenho contato com familiares, parentes e os muitos amigos que não me deixam que a esqueça, mas, mesmo que não os tivessem, as coincidências não deixam que venha a acontecer. Vou contar um fato que eu não sei se não é providência divina.

Após morar em duas casas alugadas, assim que vendi a minha em Guaratinguetá, com o valor adquirido comprei um apartamento sobreloja num prédio de esquina em Anápolis. A frente do prédio dá para uma avenida, mas a outra é uma travessa que se chama "Travessa Rodrigues Alves". Não sei se de fato é coincidência e ao tentar entender ninguém ainda soube me explicar se é o mesmo Rodrigues Alves que foi figura importante no cenário político e histórico do Brasil e que também é homenageado com nomes de ruas e da praça mais importante em Guaratinguetá onde ele nasceu. Só sei que por mais longe que se pensa estar às distâncias se encurtam quando coisas inesperadas acontecem.

Sendo assim, eu nunca me esqueço da minha cidade natal, dos meus filhos e netos que ainda estão por lá e principalmente dos amigos que sempre tenho uma recordação agradável de cada um deles e que não me deixam esquecer os momentos felizes que já vivi e que desfrutei nas suas companhias e que hoje me trazem muita saudade. Aí diriam meus filhos que lá estão: — VOLTA PAI!

E eu respondo:

"— QUEM SABE DEUS AINDA ME RESERVA ESSA OPORTUNIDADE!"

QUEM PROCURA SEMPRE ENCONTRA

"AS PESSOAS EDUCAM PARA A COMPETIÇÃO E ESSE É O PRINCÍPIO DE QUALQUER GUERRA. QUANDO EDUCARMOS PARA COOPERARMOS E FORMOS SOLIDÁRIOS UNS COM OS OUTROS, ESTAREMOS A EDUCAR PARA A PAZ."

Maria Montessori

O Brasil está caminhando para o caos...?

Essa competição exagerada, esses confrontos provocativos, essas rixas políticas, esses desentendimentos de opiniões, propostas de vinganças e toda uma gama de inconformismos que já levaram países a se tornarem violentos destruindo assim, toda paz que acalentava a população.

São países africanos, europeus, asiáticos, centro-americanos e sul-americanos que a população se dividiu em conflito por ideologia política ou de gênero. São pessoas que descontentes, por qualquer motivo, agridem, provocam e violentam. É assim que se inicia uma destruição!

As pessoas não sabem dividir os espaços, as ideias e que querem para si o máximo que se pode obter. São pessoas que se incomodam com as escolhas do semelhante, que querem que suas ideias prevaleçam sobre as dos demais. São pessoas que usam as igrejas e as religiões para desfazerem daqueles que optam em ser diferentes. Que "Deus" é esse?

São pessoas travando ferrenhas batalhas para conquistar o que não lhe pertence por direito, mas que outros, por direito, possuem. E querem ser chamados cidadãos! E que "cidadania" é essa? Dizem querer democracia. E que democracia é essa em que o elemento só pensa individualmente?

Isso não é tudo, mas não dá para ficar descrevendo aquilo, que talvez, muitos não entenderão por estarem convictos e a convicção muitas vezes provoca a incompetência interpretativa. É esse o Brasil que querem parte dos brasileiros que hoje se encontram descontentes com a sua atuação e o seu desprendimento em forma de "NAÇÃO".

A" garotada" com menos de 50 anos, estão desejando conhecer coisas que lhes trarão muitos aborrecimentos. Eu sei que estão todos extasiados com tantas promessas de mudanças e de melhorias, que não avaliam também o ônus dessas alterações que podem se concretizar, mas também podem não dar certo e aí os prejuízos e arrependimentos virão de forma contundentes sem distinção de pessoas.

Em épocas passadas, quando o país passava por "intervenção militar", as pessoas tinham que fiscalizar os próprios atos e os das pessoas da família e de amigos. Se um amigo ou parente muito íntimo praticava um ato político "irregular", todos os que conviviam com ele eram também investigados, às vezes eram presos e em alguns casos até mortos.

É uma pena que para conhecer esse processo e saber dos seus efeitos, é necessário que o fato aconteça, pois, ninguém acredita só de ouvir falar. Todos querem ver para crer, como o Tomé da Bíblia e aí o mal já estará estabelecido. Não deseje para ninguém um mal que pode recair em você também.

Vou contar uma história real que eu conheci, ocorrida na fase da ditadura militar no Brasil.

Um homem, bem-casado, bem-sucedido profissionalmente, pai de quatro filhos, todos bem conduzidos moralmente e bem-educados, cumpridor dos seus deveres, com alto conceito na sociedade em que vivia e que nunca declarou apoio a nenhum movimento terrorista ou contrário ao governo.

Com o advento do golpe militar, várias facções políticas contrárias aos militares foram se formando, na tentativa de combate ao sistema. Com isso muitos jovens estudantes, entre outros, aderiram ao movimento tornando-se "subversivos" cuja participante mais conhecida, foi a nossa ex-presidente deposta. Dois dos filhos desse senhor citado no início, um rapaz e uma moça, também aderiram ao movimento de combate à ditadura.

O pai, a mãe e os outros dois irmãos, não participavam de nenhum movimento contrário ao governo, mas sofriam constantes assédios por parte da polícia militar, polícia da Aeronáutica e até do DOPS

(Departamento de Ordem Policial e Social) divisão da polícia de São Paulo. Eram abordagem com revistas nas ruas, visitas no trabalho, ligações telefônicas com ameaças de prisão e até de morte, até que conseguiram prender um dos filhos do nosso principal personagem. Ao saber da notícia da prisão do filho, o pai juntou alguns pertences, colocou numa mala e seguiu para o presídio na capital do estado para fazer a entrega e tentar falar com o rebento amado.

Ao chegar ao presídio, foi recebido por um policial que recebeu a mala, pediu que aguardasse e se dirigiu a uma sala para revista de praxe do conteúdo. Sem muita demora, onde nem seria possível a verificação, vem outro policial com divisas de oficial, devolve a mala ao pai e diz:

— "Esquece seu filho. Ele já não está entre nós".

O pai tremeu nas pernas, foi amparado pelo filho que o acompanhava e em prantos seguiu para sua casa tentando encontrar palavras para comunicar a esposa e o outro filho, o ocorrido.

Passado mais um tempo veio a notícia da filha que morreu em combate com a polícia ao tentar assaltar um quartel do exército para roubar armas e munições uma vez que ela era a chefe de armas da facção. Essa é uma história verdadeira onde não divulgo nomes por não ter mais certeza e isso poderia me induzir a erro. Mas, quero deixar aqui a lembrança de que muitos militares daquela época e que participaram do processo, hoje estão em outras atividades, mas "podem estar" nas fileiras com pretensões na condução de nova caminhada na nossa política.

Embora verdadeira e isso seja apenas uma história, quem quiser acredite, quem não quiser procure outra para contar.

"ESSE É O CAMINHO DO BRASIL DE HOJE." TÁ BOM PRA VOCÊ?

H OJE É SEU DIA. DESCANSE...!

A vida familiar é feita de nuances que às vezes compõem histórias engraçadas e interessantes.

Assim, diziam os antigos, que para muita gente o casamento era uma forma de se libertar de responsabilidades da casa do pai ou de encontrar alguém que divida os afazeres do dia a dia e para se tornar uma companhia para o extravasamento dos sentimentos amorosos.

A maior parte dos casais ainda se junta pensando assim, cada um vai fazer sua parte e os dois serão felizes, antes para sempre, hoje enquanto dure. Às vezes dura, outras não.

Para durar é necessário que ambos tenham censo de resignação para enfrentar as discordâncias de quando um exige assim, e o outro quer assado e quando não se assa assim, o caldo entorna e a há um intenso derramamento de discordâncias que muitas vezes provoca a separação.

Alguns não concordam e dizem não ser mais assim, mas, às vezes acontece como com Chico e Júlia.

Chico, homem bem-apessoado mecânico conceituado e muito solicitado, acostumado a ter roupa lavada e passada, cama arrumada, comida sempre na hora certa e todas as mordomias que mãe costuma proporcionar ao filho sempre que ele é único e sem o pai presente.

Júlia, formada em administração, bonita, inteligente, trabalhava num supermercado como gerente de caixa, era a caçula de três filhos do casal, paparicada e protegida pelos pais e irmãos. Os caminhos entre Chico e Júlia se cruzam numa festa na casa de amigos comuns dos dois. Não demorou muito para que o destino desse um empurrãozinho e iniciasse um namoro entre eles.

Após um curto tempo de namoro e noivado Chico pede Júlia em casamento que numa cerimônia pomposa por exigência do pai da noiva se realiza muito rapidamente. O casal não viaja em núpcias, pois Chico argumenta que está com muito trabalho por fazer e precisando de dinheiro para terminar a casa que estava construindo. Júlia se entristece, mas aceita.

Domingo, logo após o casório, se reúnem num almoço que a mãe de Chico ofereceu para o casal e a família da noiva que não foram todos apenas pai e mãe.

Primeira segunda-feira após a união formal dos dois.

Júlia como trabalhava com carteira assinada teve direito aos dias legais e o patrão ainda lhe concedeu mais alguns que proporcionou toda a semana de folga. Chico acordou muito cedo com o alarme do despertador, levantou foi ao banheiro voltou vestido a caráter para o trabalho e pediu a Júlia que se levantasse para preparar o café que ele já estava atrasado. Júlia não habituada com isso levantou muito a contragosto e foi fazer o que o marido pediu. Chico tomou o café enquanto listava algo numa folha de papel. Quando terminou, levantou e entregou para Júlia a folha que continha uma lista de afazeres para o dia:

— Café da manhã às sete horas.

—Almoço às onze horas.

—Café da tarde às dezesseis horas.

—Jantar às dezenove horas.

Então pergunta Júlia:

— Mas, e quando eu voltar a trabalhar? Como fica?

E Chico responde:

— Eu preciso comer. Aí é você que resolve o que vai fazer.

No fim desse primeiro dia, Chico chega à casa onde Júlia estava esperando cheia de amor e carinho para oferecer e Chico entra em casa com uma trouxa enorme de roupas sujas e diz à Júlia:

— É para lavar. Eu estou sem roupa limpa, nenhuma!

Júlia decepcionada, pois esperava pelo menos um beijo de chegada, olha para Chico, pega a trouxa de roupas e pergunta:

— Só isso? Ela esperava no mínimo um pequeno afago.

E Chico:

— Sim. O resto a minha mãe está com elas na máquina. Mas, amanhã eu trago para você passar.

Júlia nem teve tempo de perguntar:
— E o meu beijo?

Chico tomou banho, jantaram e durante o jantar eles conversaram sobre os dois e sobre a vida dali em diante, até que os dois se enrolaram e tiveram uma noite de amor muito feliz.

Após a primeira gravidez que aconteceu seis meses após o casamento, Chico convence Júlia a deixar o trabalho, uma vez que concluíra a construção da casa, o movimento da oficina estava de vento em popa e os rendimentos eram suficientes para levar uma vida sem problemas. Júlia concorda e pede demissão do trabalho e passa a cuidar só da casa, do marido e da gravidez.

Já estava por completar dez anos de casados, tinham três filhos, mas após o terceiro filho a vida amorosa do casal parecia desgastada e gelada quando na véspera do aniversário, enquanto estavam na cama, Chico diz à Júlia:

— Amanhã eu vou te dar folga da cozinha.

Júlia toda alegre questiona:

— Oba! Vamos almoçar fora?

— E o Chico então responde:

— Não! Vou fazer um churrasco aqui mesmo.

Ainda assim Júlia demonstrou-se feliz pela comemoração.

Então Chico completa:

— Ah. Outra coisa. Vão vir o Joaquim, o Pedro e o João com suas famílias, tá bom?

— Você só vai fazer o arroz, a farofa e a maionese que a sobremesa a mulher do Pedro vai trazer.

Chiquinho o filho mais velho que escutava atrás da porta gritou.

— Mãe, a mãe do Pedrinho só sabe fazer ambrosia. Eu detesto ambrosia. Quero pudim de leite condensado.

"QUE FOLGA, HEIN...?"

RESUMO

Algumas das histórias que aqui estão expostas são em parte retiradas de fatos, porém, os nomes dos personagens são fictícios. Apenas em alguns relatos que faço em que envolve familiar ou pessoas públicas, os nomes são verdadeiros.

Espero que todos os que tiverem a curiosidade, ou, se interessarem mesmo pela leitura desse trabalho que tenham um bom divertimento que é o principal objetivo do autor.

Muito obrigado.

FIM